# あやかし後宮の契約妃

## もふもふたちを管理する簡単なお仕事です

青月花

22773

角川ビーンズ文庫

# 目次

あやかし後宮の契約妃
もふもふたちを管理する簡単なお仕事です
人物紹介
馮幻耀
暘帝国の皇太子。十八歳。第五皇子でありながら、霊力の高さと才覚が認められて太子の座についた。絶世の美形だが、冷酷と噂されている。
玉玲
雑伎団に所属する天真爛漫な少女。十七歳。身体能力が高く、料理や家事もお手のもの。養父の薬代を稼ぐために宮女になるが、幻耀に霊力の高さを見込まれて契約妃となる。

### 漣霞

北後宮でただひとり人に変化できる狐のあやかし（狐精）。外見は二十歳前後の妖艶な美女。外面はいいが、勝ち気で天邪鬼な性格。

### 莉莉

二股のしっぽと大きな耳が愛らしい猫のあやかし（猫怪）。感情が顔に表れやすく、好奇心旺盛で子どものような性格。ひらひらしたものが大好き。

### 姜 若曦

暘帝国の皇后。幻耀の養母であり、後見人。幻耀の身を案じており、玉玲を妃に迎えたことを歓迎している。

### 馬 文英

幻耀に仕える宦官で、玉玲の教育係も担当する。いつも柔和な笑みを浮かべている穏やかな好青年。

本文イラスト／梶山ミカ

# 序

「玉玲、あやかしたちと遊ぶのはもうやめなさい」

敬愛する養父の忠告に、玉玲は赤みがかった黒い目をぱちくりさせた。

臥牀に横たわっていた養父は上体を起こし、険しい表情で玉玲を見つめてくる。

突然部屋まで呼び出して、何を話すのかと思えば。

「どうして？　みんな、いい子だよ？」

納得できない玉玲は、首をかしげて反論した。

すると、部屋の扉が開き、

「あやかしがどんなやつかなんて関係ねえんだよ。村で噂になってんだ。誰もいない場所に話しかけたり、『待って～』とか言って一人で走り回ったり、奇怪な行動を取るガキがいるって。お前のせいで、うちの雑伎団が白い目で見られてんだよっ」

苛立たしそうに告げながら、大柄な青年が養父の部屋に入ってくる。

玉玲が所属する雑伎団の団員であり、兄弟子である雲嵐だ。

「私、奇怪なことなんかしてないよ。あやかしたちと話したり、遊んでるだけだもの」

「だーかーらー、そのあやかしが視えるのは、お前だけなんだって。はたから見たら、おかしいガキの奇行にしか見えねえんだよっ。おとなしくしてろよ、まったく。師父が病でふせってるって時に」

養父の病の話をされると、さすがの玉玲も言い返せなくなってしまう。

口の悪い兄弟子ならともかく、養父にだけは迷惑をかけたくない。

「……せっかく友達ができたのにな」

雑伎団で旅を続けて五年。団長である養父が病をわずらい、しばらく逗留することになった村。ここで玉玲は、五歳になって初めて友達を得た。村に住みついた、気のいいあやかしたちだ。年の近い団員がおらず、移動生活でなかなか友達ができなかった玉玲にとって、思いがけない喜びだった。

「すまないね、玉玲。私なんかがお前を拾ったばかりに、寂しい思いをさせて」

玉玲は直ちにかぶりを振って、養父の言葉を否定する。

「私、師父に拾ってもらってすごく幸せだよ！　師兄は小言ばかりで口うるさいけど、一緒に演技をするのは楽しいし、師父は優しいし、この団での生活が好き。誰が捨てたかもわからない私を育ててくれて、とっても感謝してる」

養父が見つけてくれなければ、きっと狼の餌食になるか飢え死にしていたことだろう。

赤子の頃、祠の前に捨てられていた自分を拾ってくれた養父には、感謝してもしきれない。

「そう思うなら静かにしてろよ。あやかしなんてな、この村の人間は誰も信じちゃいねえんだ。いいか？　たいていの人間は、目に視えない存在を気味悪がるか否定する。人には視えないものが視えるって言うお前のこともな」

玉玲は胸にチクリと痛みを覚えて尋ねた。

「じゃあ、師兄も私の話が信じられない？　あやかしを気味が悪いと思っているの？」

「別に、お前の話を疑ってるわけじゃねえけど、正直気味は悪いよな。あやかしがその辺にいるなんて聞かされたらよ。嘘だと思いたいくらいだぜ」

言いすぎだと感じたのか、養父が「雲嵐」と呼んで兄弟子をたしなめる。

「仕方ねえだろ、気味が悪いもんは。師父だって理解できんだろ？　これまであやかしが視える人間に会ったことあっか？　玉玲が異常なんだ。俺の反応は普通――」

それ以上聞いていられなかった。玉玲は兄弟子の話から逃れるように走り出す。

「おい、玉玲！」

すぐに雲嵐が呼びとめてきたが、当然応じてやるつもりはない。

勢いよく扉を開け、部屋から飛び出していく。

兄弟子の言葉に腹が立ったというより、悲しかった。異常だと言われたことが。

昔からそうだった。あやかしがいる、そう言っただけで、大人たちは玉玲に奇異の目を向けてきた。村の子どもには、嘘つきだとバカにされた。養父や団員たちは話を信じてくれたけど、特異なこの力とあやかしの存在を受け入れてくれたわけではない。そう感じるたびに、玉玲はずっと胸に孤独を抱え続けてきたのだ。自分は周りの人間とは違う。異質な存在なのだと。

あやかしは気味の悪い存在なんかじゃないのに。自分は間違ったことは言っていないのに。

やるせない思いを抱きながら、闇雲に駆けていた時だった。

〝……けて。……助けて……〟

どこからか声が聞こえた気がして、玉玲は立ちどまる。

〝助けて、玉玲〟

言葉ではなく、心の叫びが頭の中で響いたように思えた。ものすごく嫌な予感がする。

なぜか玉玲の勘はあたるのだ。天賦の才能と言っていい。あやかしだけではなく、人には視えない空気や気配まで感知する。

東の空を見あげると、黒い靄が上空へと立ちのぼっていた。

そちらの方角できっと何かが起きている。

玉玲は脇目も振らずに東へと走った。住民の数は百にも満たない小さな農村をひたすら東へ。

のどかな田舎の景色が西へと流れていく。ぽつぽつとたたずむ土楼の家屋。ゆるやかな速度で回る風車。のんびりと草をはむ馬や牛。

そして、塗装されていない道の先からは、肌が粟立つような断末魔が――。

「ぎゃあ――っ！」

凄惨な光景を目のあたりにして、玉玲は凍りついた。

刀で体を両断され、あやかしたちが消えていく。黒い靄となって。

一番初めに声をかけてくれた蛇のあやかしも。興味深い話を聞かせてくれた亀のあやかしも。よく駆けっこをして遊んでいたイタチのあやかしも。

容赦なく刀を振りおろしているのは、十代後半くらいの青年だ。見るからに仕立てのいい紺の長袍をまとい、黒い長髪を小冠で一つにまとめている。

青年は流れるような動きでイタチのあやかしを斬り払うと、とどまることなく別の方向へと切っ先を向けた。唯一生き残り、ぶるぶると震えていた白猫のあやかし、天天に。

「やめて!!」

とっさに玉玲は声をあげ、天天の前へと飛び出した。今は放心している場合じゃない。天天は一番仲よくしてくれたあやかしだ。この子だけでも守らなければ。

天天をかばうように両腕を広げ、毅然として青年の顔を見あげる。

「小娘、お前、そいつが視えるのか？」

青年は眉をひそめ、玉玲に冷ややかなまなざしを向けた。

「どうしてこんなひどいことをするの？　みんな、とってもいい子だったのに！」

刃のような視線の鋭さにひるむことなく、玉玲は青年をにらみつける。

初めてあやかしが視える人に会ったのに、驚きも感慨もわいてこなかった。

時間の経過と共に、大事な友達を失った悲しみと怒りがどんどんこみあげてくる。

「あやかしは存在そのものが悪だ。人に害を及ぼす前に駆除する。それが我らの務め」

「あの子たちが人に何をしたっていうの！　悪さをしてるところなんて見たことない！　陽気で人なつっこくて優しいあやかしたちだった！」

負の感情を視線に込めてぶつけると、青年は罪人でも見るように酷薄な目をして言った。

「この村にあやかしに魅入られた少女がいるという噂を聞いて来たのだが、お前のことだったか。ならば、情けは無用だな。あやかしをかばい立てするなら、一緒に冥府へ送ってやろう」

いっさいの躊躇もなく、青年が刀を振りあげる。

白刃の光がきらめき、まぶしさに目をつむった刹那――。

「お待ちください！」

どこからか空気を裂くように声が響いた。

覚悟していた痛みや衝撃はいつまでも襲ってこない。

玉玲はゆっくり瞼を持ちあげていく。

青年の後方に、決然とした表情で歩く少年の姿が見えた。年は玉玲の少し上くらい。痩身に上等な青磁色の長袍をまとい、長い黒髪は一部だけを束ねて背中に流している。

少年が近くまでやってくると、青年は刀をおろし、鋭い目つきでこう告げた。

「阿青、お前は軒車から出てくるなと言ったはずだぞ。俺のすることに口を出すな」

「いいえ、見すごすわけにはいきません。滅していいのは人に危害を加え、大いなる災いとなりうるあやかしのみ。兄上は、天地を統べる玉皇大帝の定めし天律を犯されています」

「天律は今ではただの建て前だ。あやかしをのさばらせれば、人間にとっていずれ害となる。そうなる前に厄災の芽をつむこともまた我々の役目」

「ならば、兄上がなされたことを全て父上に報告します。よろしいのですね？」

阿青と呼ばれた少年は、臆することなく青年を見すえて意見する。

「悪さをしたあやかしならまだしも、無垢な少女を手にかけるなど、いくら父上とはいえお許しにならないでしょう。それに天律には、むやみにあやかしを滅してはならない、とあります。人と同じく、あやかしにも善と悪がいる。兄上はその判断をおろそかにした。このあやかしは天律に則り、しかるべき場所へ連れていきます。よろしいですね？」

青年は苛立ちをあらわに阿青をにらんだ。

獅子のように殺気立った視線を受けても、阿青は動じない。

少しも目をそらすことなく、青年と対峙している。

先に勝負からおりたのは、青年の方だった。

「勝手にしろ。だが、阿青。あやかしに情けをかければ、いずれ己の身に災いが降りかかることになるぞ。その甘い判断を後悔することになる。覚えておくがいい」

呪いの言葉を浴びせるように忠告すると、青年は阿青に背中を向けて去っていった。

阿青はホッとした様子で息をつき、玉玲の方へと近づいてくる。

いや、玉玲ではない。その後方で震えていた猫のあやかし、天天の方へ。

意味のわからない短い呪文をとなえると、阿青はふところから取り出した黄色い紙を、すばやく天天の額に貼りつけた。

とたんに天天が、ぐったりと地面に体を投げ出す。

「天天！」

声をあげて駆け寄る玉玲に、阿青は安心させるように優しい声音で言った。

「大丈夫。落ちつかせるために眠らせただけだよ。ちゃんと生きている」

玉玲はかがみこんで、天天の様子を確かめる。

ぐったりはしているものの、天天は静かな寝息を立てていた。

額に貼られているのは、難解な文字が書かれた短冊だ。お札というものだろうか。

ひとまず天天が生きていることに安堵する玉玲だったが。

「ごめんね。こんなことになってしまって。この子は僕が責任を持って預かるから。決して悪いようにはしない」

阿青は申し訳なさそうに告げて、天天をそっと抱きあげた。

玉玲は不安な面もちで阿青の顔を見あげる。

「天天をどこかに連れていっちゃうの？」

「ああ。この子が本来いるべき場所。仲間が大勢いるところだよ。ここにいても寂しい思いをするだけだろう？　この子のためにも、仲間のもとへ連れていくのが一番いい」

「……仲間」

玉玲の脳裏に、消えたあやかしたちの姿がよぎった。

この村に天天以外のあやかしは、たぶんもういない。仲間はどこにもいないのだ。

養父の病が癒えれば、玉玲もこの村から離れることになる。兄弟子の様子からすると、あやかしである天天の同行を許してはくれないだろう。天天はここに置いていかなければならない。仲間もおらず、独りぼっちになってしまう。

仲間が大勢いる場所で、天天が幸せに暮らすことができるのなら。

「あの怖い人から守ってくれる？」

玉玲は不安をぬぐいきれず確認した。命を助けてくれた阿青ならまだしも、あやかしを斬った青年のことだけは信用できない。

「ああ、必ず守ろう。約束する」

まっすぐ見すえていると、阿青は優しげな笑みを浮かべて断言してくれた。

星空のように澄んだ彼の瞳を見て、玉玲は直感する。この少年のことなら信じられると。

黒い靄が漂っている中、なぜか阿青の周りだけが、きらきらと輝いて見えたのだ。そこだけ空気が浄化されているかのように。

こんなにきれいな空気をまとった人になら、天天をまかせられると思った。そして、わかってくれるかもしれない。あやかしの存在を受け入れ、守ろうとしてくれている彼ならば。

「私、天天のことを友達だと思っているの。それっておかしいのかな？」

胸にわだかまる孤独な気持ちを払うべく、玉玲は阿青におずおずと質問する。

束の間、目を丸くする阿青だったが、玉玲の胸中を察したのか、笑顔で答えてくれた。

「全然おかしくなんかないよ。僕にもあやかしの友達がいる」

「えっ、本当⁉」

玉玲は声がひっくり返るくらい吃驚する。まさか、自分以外にそんな人間がいるなんて。

「気味が悪いって言われないの？　あやかしが視えることだって」

「確かに、気味が悪いと言う人もいるけれど、気にする必要はないよ。あやかしが視えるのは君だけじゃない。僕たちの他にも何人かいる。君の力はとても意味のあるものだよ。あやかしと人をつなぐ特別な力だ」

「……あやかしと人をつなぐ、特別な力……？」

彼の言葉を聞いた瞬間、玉玲の体の中で何かがはじけた。

孤独も悩みも全て打ち砕かれたような気がしたのだ。自分は独りじゃない。あやかしが視えるこの力は、人を気味悪がらせるだけの無意味なものではないのだと。

阿青は穏やかな表情で頷き、玉玲に「それじゃあね」と告げて、立ち去ろうとする。

「また会える？」

玉玲はとっさに阿青の袖を摑んで尋ねた。

もう会えなくなるのかと思うと、また悲しい気持ちになる。せっかくあやかしが視える同志のような存在に巡り会えたのに。天天と別れるのも、やはり寂しい。

眉を曇らせていると、阿青は不安を吹き飛ばすようなきらきらの笑顔で返してくれた。

「そうだね。君があやかしとつながっていれば、またどこかで会えるかもしれない。その時はゆっくり話をしよう。この子の話も聞かせてあげるよ」

阿青の言葉に安堵し、玉玲の口もとにもようやく笑みがこぼれる。

「うん、約束ね！」

木陰に停めてある軒車へ向かう阿青を、玉玲は手を振って見送った。

いつか彼らと再会できることを願いながら。

その日の記憶は玉玲の胸に痛みを与えつつ、大切な思い出としていつまでも残り続けることになる。

# 第一章

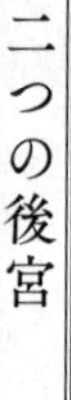

# 二つの後宮

四方を高い外壁に囲われ、碁盤の目のように路地が入り組む暘帝国の京師、嶺安。

低所得者層や移民が多く暮らす南の区画は、今日も雑然とした空気に満ちている。

その一角にある狭い四合院の廂房からは、少女のため息と独り言がもれていた。

「うーん、あと三日ぶんかぁ」

かき集めた銅銭と薬包を交互に見て、玉玲は卓子の前でうなだれる。房にいるのはもちろん玉玲一人だ。必死に働いている団員たちと重い病の養父に、余計な心配をかけたくない。家計のやりくりをまかされている自分が何とかしなければ。

卓子に突っ伏しながら悩んでいると、突然房の扉が開き、誰かが中に入ってきた。

顔を見なくても誰であるかはわかる。こんな無神経なまねをするのは、団員では一人だけ。兄弟子の雲嵐だ。まったく、入る前に声をかけろと何度も言っているのに。いちおう今年十七になる淑女の部屋だぞ。

玉玲はのっそりと振り返り、雲嵐を鋭くにらみつけた。

「師父の薬か？」

玉玲の視線など石に灸、全くこたえていない雲嵐は、卓子の上をのぞきこんで尋ねる。この兄弟子にだけは、もう何の遠慮もしてやるまい。

「うん。次のぶん買うお金が集まらなくて」

玉玲ははっきりと実状を伝えた。

「俺たちの収入だけじゃ、たりないのか？」

「ちょっとね。京師の家賃って結構かかるし、薬代すごく高いから」

京師に名医がいるという話を聞き、嶺安に移り住んで半年。生活費と医療費で、各地を旅して稼いだお金も底を突きかけている。雲嵐や他の団員たちが京師で働き、お金を入れてくれているが、それでも追いつかない。

「あの医者、少し名が知れ渡っているからって、ぼったくってんじゃないだろうな」

「そんなことはないでしょ。実際、京師のお医者さんに診てもらってから、師父の症状は少しよくなったし。他のお医者さんじゃ、悪化する一方だったんだから。ここでの生活をやめるわけにはいかないよ」

玉玲は養父の病状に思いを巡らせる。十二年前、一度病に倒れはしたが、養父はその後回復し、しばらくは何事もなく旅を続けられていた。再び病を得て倒れたのは、二年前の話だ。そこからどんどん悪化して、今では立ちあがることもできなくなっている。とても連れては回れないし、こんな状態の養父を京師へ一人置いていくわけにもいかない。

「せめて京師で公演できればいいんだけどな。俺たちだけでもさ」

「嶺安は申請時に必要な上納金が高いからね。うちの雑技団ではまず払えないし」

嶺安で公演できるのは、京師に拠点を置く大型雑技団くらいだろう。自分たちのような総勢十名の弱小雑技団では手の施しようがない。

公演も移動もできない。かといって、団員たちの稼ぎでは薬代を捻出することもできず。つまりは八方ふさがりというわけだ。このままでは。

「ねえ、私も町で働けないかな？」

「そしたら、師父の看病やこの家のことは誰がやるんだよ？」

ずっと考えていた意見を伝えると、雲嵐はすぐに難色を示した。

「でも、薬がなければ師父の病はよくならないんだよ？　私が稼ぎまくれば、師兄たちがたくさん働かなくてもよくなるし、そしたら、みんなで師父の看病ができるでしょう？」

「稼ぎまくるって、お前が働いたところで、俺たち以上の稼ぎは得られねえだろ」

「それがね、私、聞いちゃったんだ。男以上に稼げる仕事があるって」

玉玲は立てた人差し指を左右に揺らし、不敵な笑みを浮かべる。

町でひそかに働き口を探していて、情報を得たのだ。女にしかできない破格の仕事があると。

養父の薬代を捻出するためには、これしかない。

「よし、決めた。私、そこで働くことにする！　師父のことはお願いね！」

「って、おいっ。玉玲！」

突然走り出した玉玲を、雲嵐が直ちに呼びとめる。

だが、すでに扉を開けていた玉玲は、振り返ろうともしない。

疾風のごとく院子を横切り、門から四合院の外へと飛び出していく。

嶺安の町には夕闇が迫り、西の外壁の奥に太陽が隠れようとしていた。

仕事を終えた労働者たちが、疲れた顔で路を歩いている。

薄汚れた狭い路を、玉玲はひたすら北へと駆けた。

皇城のある北の方角へ進めば進むほど路は広くなり、華やかさをまとっていく。建物もうらぶれた民家から立派な造りの邸宅へ。酒楼や旅籠といった商業施設もぽつぽつと並び始める。

赤い瓦屋根の牌楼をくぐると、町の雰囲気ががらりと変わった。建物の柱や斗拱には色鮮やかな彩色が施され、どの軒先にも妖しげな光を放つ提灯がつりさげられている。歓楽街だ。

まだ冬だというのに、露出度の高い襦裙をまとった女性が、路行く客に秋波を送っている。

玉玲は全速力で通りを駆け、ひときわ豪奢な建物の前で足を止めた。

ここが京師で一番羽振りがいいと言われている店、香春院。

沈金が施された丹塗りの扉を叩き、まずは元気よく挨拶をする。

「ごめんください！」

しばらく待つと、胸もとの開いた赤い襦に、桃色の裙を合わせた女性が現れた。年は四十手前くらい。化粧が濃くて美しい容貌をしているが、年齢的にここの経営者だろうか。それならばちょうどいい。

「何だい？　これから営業が始まろうって時に」

「私、曲芸師をしている玉玲っていいます。私を妓女としてここで働かせてください！」

玉玲は勢いよく頭を下げ、単刀直入に申し出た。そう、妓女になるために。

養父の薬代を捻出するためには、妓楼で働くしかない。

「冗談はよしておくれよ、お嬢ちゃん。京師ではね、子どもは妓女になれないんだ」

「私、子どもじゃありません！　これでも十七です！」

「えっ、十七っ⁉」

女性は驚愕に目を剥き、声を裏返した。

そこまで驚かなくてもいいのに。年齢を言うと、だいたい似たような反応をされるけど。

玉玲は若干落ちこみつつ、自らの容姿を顧みる。目はぱっちりとして大きく、鼻と口は小さい。いわゆる童顔だ。一つに編みこんでいるだけの髪型も、顔立ちの幼さに拍車をかけているかもしれない。体つきは華奢。子ども並の身長である。浅葱色の衫に白い褲という色気のない格好もまずかったか。せめて衣裳だけでも女性らしい襦裙にしていれば。

考えなしに飛び出してきたことを反省していると、女性が玉玲を見回しながら言った。

「十七なら問題ないけど、その顔と体じゃねえ。胸なし、括れなし、色気なし。はい、失格」

「えぇっ、そんなぁ！」

速攻で不合格を申し渡され、玉玲は不満の声をあげる。確かに、胸も括れも色気も皆無なのだが、はい、その通りです、と言って引き返すわけにはいかない。

「お願いします！　私、体力と体の丈夫さだけは自信があるんです。妓楼って芸を売る女性もいるんですよね？　綱渡りでも皿回しでも何でもやりますから、ここで働かせてください！」

「だめだめ。体力があって丈夫な男ならたくさんいるんだ。芸っていっても曲芸じゃねぇ。あんたじゃ売り物にならないよ。帰った帰った」

女性は容赦なく玉玲の肩を押し、入り口から突き出そうとした。すると、

「まあ、待ちなさい」

玉玲の後方から取りなすように男性の声が響く。

振り返ると、深緑の長袍をまとった中年男性が立っていた。

常連客の官吏なのか、女性が「これは官人様」と言って胸の前で手を重ね、拱手する。

男性は玉玲へと近づき、顔や体を観察して、こう訊いた。

「君、何でもすると言っていたね？　いい仕事があるよ。新米妓女くらいの給金にはなる」

玉玲は目を見開くやいなや、その話に食らいつく。

「教えてください！　何ですか？」

男性はニヤリと笑って答えた。

「後宮の宮女だ」

「……宮女？」

「皇帝陛下の妃妾に仕えたり、後宮の雑事を処理する下働きのことだよ。最近、後宮で流行病が蔓延してね。人手不足なんだ。体が丈夫で体力のある若い女性を探している。どうだい？」

思いがけない勧誘に、玉玲はしばし黙考する。

うまい話には裏があると言うけれど、お金をもらえるのであれば、どんな仕事でもしたい。

「給金って、具体的にいくらもらえるんですか？」

「月に五百阮だ」

予想以上の金額に、玉玲は目の色を変える。五百阮といったら、兄弟子の月給の倍だ。団員が誰か仕事を辞めても、かなりのたしになる。

「ぜひお願いします！」

「待ちな！」

笑顔で応じる玉玲だったが、話を聞いていた妓楼の女性が引きとめた。

「官人様、勘弁してやってください。こんな子どもを徴集しようだなんてかわいそうですよ」

「私、十七ッ！」

玉玲は即座に主張する。もう忘れたんかい。

「お嬢ちゃん、悪いことは言わないよ。宮女だけはやめておくんだね。あそこの仕事はきつくて、朝から晩まで働き通し。年季が明けるまで最低三年は外に出られない。皇帝陛下や最近世継ぎになられた太子殿下は冷酷な方だって聞くし。何よりね、後宮には怖い噂があるんだよ」

「……怖い噂？」

「ここのところ毎年必ず、原因不明の病が流行するんだ。何名も犠牲になるらしい。命が惜しいのならやめときな。それに、もう一つ。後宮の北側には——」

「やめてくれ、仮母！　そんな噂が流れているから誰も宮女にはなりたがらないんだ。早く人を集めろって、上官にどやされる私の気持ちにもなってくれ」

女性が何かを語ろうとしたところで、男性が焦燥をあらわに口を挟んだ。

何やらいわくつきの仕事らしいが、お金さえもらえるのであれば構わない。

「宮女の給金って、先払いは可能ですか？」

玉玲は女性の話をあっさり受け流し、男性に大事なことを確認した。

「ああ。応じてくれるなら、私が上にかけ合ってやろう」

「じゃあ、よろしくお願いします！」

「ちょっとあんた！　あたしの話、聞いていたのかい？　危ないよ。生きて戻れるかどうか」

「大丈夫ですよ。私、今までに一度だって病気になったことはありませんから。それに今、どうしてもお金が必要なんです。大切な人を助けるために」

心配してくれた女性に、ゆずれない思いを伝える。

捨て子だった自分を拾い、愛情を注いで育ててくれた養父。彼を助けるためなら、どんなことだってする。たとえ、この先にどんな危険が待ち受けていようとも。

「じゃあ、明日さっそく城まで来てもらえるかい？　検問所で尚書主事の陳に会いにきたと言えばいいから」

男性が少しホッとした様子で玉玲に指示を出す。

「わかりました！」

玉玲は大きく頷いて答え、未知なる後宮生活に思いを馳せたのだった。

「師父、師兄。私、しばらく後宮で働くことになったから。三年は戻ってこられないと思うけど、毎月お金は送るから、後のことはよろしくね」

一大決心をした翌日、正房を訪れた玉玲は、臥牀に横たわっている養父とそのそばにいる雲嵐に、あっさり別れの挨拶をした。

養父は閉じていた目を丸くし、雲嵐は「は？　後宮？」と言って、耳の穴をほじる。

「何寝ぼけたこと言ってんだ。お前みたいなちんちくりんのじゃじゃ馬が、後宮なんかで雇ってもらえるわけねえだろ」

「失礼ね！　もう審査は通ってるよ。すぐにでも来てくれって懇願されたくらいなんだから」

玉玲は目を三角にして主張し、得意げに胸を張った。

午前中さっそく城に赴き、簡単な面接を経て宮女になることが決定したのだ。人手不足は相当深刻なようで、誰でも合格できるような審査ではあったけれど。

「お前が？　その話、絶対裏があるって。相当やばい仕事だろ」

雲嵐の指摘に、玉玲はギクリと肩を震わせつつ答える。

「そんなことないよ。掃除や洗濯が主だと言ってたし。大丈夫だって」

いわくつきの仕事であることは言わない方がいいだろう。兄弟子にこれ以上侮られたくないし、養父に余計な心配をかけたくない。

「玉玲、後宮で働くなんておやめ。お前は気立てがよくてかわいいから、高貴な人に見初められて、妃にされてしまうかもしれないよ？」

不安を押し隠していると、養父が親バカ全開の疑念を向けてきた。

彼は芸事に関しては厳しいが、基本は優しい性格で、玉玲を実の娘のように溺愛している。

「師父、その心配だけは必要ねえから。天地がひっくり返ってもありえねえ」

雲嵐が玉玲を見て鼻で笑い、養父の肩をポンポンと叩いた。

「何か、めっちゃ腹立つけど、師兄の言う通りだよ。心配しないで、師父。私みたいな下っ端は皇帝陛下の目にふれる機会もないみたいだし。ただの雑用だって。掃除も洗濯も料理だって得意だから大丈夫」

玉玲は兄弟子への苛立ちをどうにか抑え、養父に懇々と言い聞かせた。

働きに出ている団員たちの代わりに、家事は全て自分が担当していたのだ。特に料理は京師に来てからめっきり腕をあげ、団員たちから賞賛されることも多い。

「でも、三年も戻ってこられないんだろう？　私なんかのために、これ以上お前に不自由な思いをさせるわけにはいかないよ」

憂鬱そうに顔を曇らせる養父に、玉玲はかぶりを振って主張する。

「ううん、師父。これは師父のためというより自分自身のためなの。私、またみんなで各地を巡業したい。そのためには絶対に師父が必要なの。だから、師父は私のために治療に専念して。三年たったら必ず戻ってくるから」

玉玲の一番の願い。それは養父に早く元気になってもらうことだ。しばらく離れて暮らすのはつらいけれど、願いを叶えるためならどんな苦労もいとわない。

決意の強さを伝えるように見つめていると、養父はいつになく神妙な顔をしてこう言った。

「ならば玉玲、一つ約束しておくれ」

どんな難題を言い渡されるのだろうと、身構える玉玲だったが。

「仕事を楽しむこと。お前が幸せに暮らしてくれなければ、私の病なんて癒えないよ。だから、いつでも笑っていておくれ。周りの者まで笑顔になるように」

思わぬ言葉を耳にして、体から力が抜ける。養父も頑固なところがあるから、絶対に渋られると思っていた。反対されたらひそかに家を出ようとしていたのだけど、顔を見ただけでその考えも全部読み取ってしまったらしい。養父は玉玲のことを知り尽くしている。止められないのであれば、どうすることが玉玲にとって一番いいか考えるはず。

仕事を楽しむこと。今の言葉がその答えだ。

「わかった。約束する」

玉玲は感謝の気持ちを胸に告げた。養父の言葉がなければ、つらい心境のまま仕事に臨んでいただろう。信念を持って働けば、これからの三年はきっと有意義なものになる。

一気に心が軽くなり、がんばろうという気持ちが増した。

養父のために、自分自身のためにも仕事を楽しむのだ。

決意を新たにして養父を見つめ、兄弟子に視線を移す。

「お前は、一度決めたことは絶対ゆずらねえからな」

雲嵐は深いため息をつくと、玉玲から顔をそむけ、素っ気なく言った。

「さっさと稼いで戻ってこいよ。お前みたいなのでも、いちおううちの花形なんだからな。お前がいねえと、ここから動けねえ」

ぶっきらぼうな態度の中に隠された思いを感じ取り、玉玲の胸は熱くなる。

彼は、待っていると言ってくれているのだ。いつも小言ばかりで無神経だけれど、仲間として誰よりも自分のことを認めてくれている。

「うん。戻ったら絶対にまたみんなで旅をしようね！」

玉玲は全開の笑顔で応えた。二人に少しでも安心してもらえるように。胸に残る不安を全て吹き飛ばすように。この日の約束と笑顔を忘れずに生きようと固く誓ったのだった。

十二体の鴟尾を頂く瑠璃瓦が、昼下がりの日差しを受けて燦然ときらめいている。

五百年という長きにわたって、暘帝国の中央部に鎮座している皇宮・紫垣城。

建物の数は七百を超え、部屋数は八千室に及ぶという。京師の北部に陣取るこの巨大な宮城が、今日から過ごすことになる玉玲の新しい職場だ。

いくつもの門を抜けると、その奥にもう一つの異質な町が広がっていた。

高い塀に挟まれた紅牆の路。色鮮やかな彩色が施された圧巻の建築群。全ての建物の梁架には、沈金による龍や鳳凰の文様があしらわれている。延々と続く路に敷かれているのは、漢白玉と呼ばれる白大理石だ。壮大な規模と神秘的な装飾に、ただ圧倒される。

――ここが暘帝国の後宮。

玉玲は漢白玉の路を歩きながら、仙界のごとき光景に目を奪われていた。奥へ進むにつれて緑が広がり、蓮池に面して築かれた楼台や、奇石を積み上げた仮山まで見える。

「何をしているの？　さっさとしなさい」

思わず立ちどまり見入っていると、前方にいた案内役の宮女が急かしてきた。

「はい、すみません！」

玉玲はあわてて謝り、宮女の後を追う。

宮女は玉玲を宿舎に連れていき、簡単な連絡事項を伝えると、すぐに去っていった。別れ際、他にわからないことがあったら同室の宮女に訊けと、つけ加えて。

かなりいい加減な対応だ。まあ、みな忙しいのだろう。宮女の仕事はきついと聞くし。

玉玲は気を取り直して、指定された部屋に足を運んだ。

石の床に衾褥が四組だけ置かれている。四つ敷けばいっぱいになりそうなほど狭くて簡素な部屋だ。ここへ来るまでに見た、きらびやかな光景からはほど遠い。

ぼんやり観察していると、宮女のお仕着せを身にまとった少女が近づいてきた。

楽しく仕事をするために、職場の仲間と仲よくなることは重要だ。

「こんにちは。私、今日から働くことになった玉玲っていうの。どうぞよろしくね！」

玉玲は少女に元気よく挨拶をする。

しかし、返事はない。足早に後ろを通りすぎようとする。

「ねえ」

肩を摑んで呼びかけると、少女は迷惑そうな表情で口を開いた。

「あなたは売られてきたの？　それとも、身内が借金でもした？」

唐突な質問に、玉玲はただ目をしばたたく。

「今、宮女になるのは、そういった子ばかりよ。こんな死と隣り合わせの場所で働くのは、よほどの事情があるか、無知な田舎者くらいね。みんな三年無事に生きのびることで必死なの。これからは必要事項以外話しかけないで」

少女は生気のない目をして告げ、玉玲に背中を向けた。

すさんでいる。人も空気も。玉玲は明確に感じ取る。後宮を奥へと進むにつれて悪くなる空気が、実は気になっていた。黒く濁った靄がうっすらと漂って視えたのだ。その空気の影響で、少女は心まですりきれてしまったのだろうか。

構わず、玉玲は再び少女に話しかける。

「李才人っていう人がどこにいるか知らない？　その人に仕えるように言われたんだけど」

少女はため息をついて振り返り、気の毒そうに玉玲を見た。

「あなた、ほんとついてないわね。よりによって、李才人だなんて」

「何か問題がある人なの？」

「新人いびりで有名なのよ。できないことをやれと命じたり、陰湿な嫌がらせをしたり。下級妃嬪なんて主上のお渡りはまずないから、宮女をいじめて憂さばらししてるんでしょうね。私の主人も意地悪だけど、李才人よりはましだわ。せいぜい気をつけることね」

情報は不穏なものだったが、玉玲は温かい気持ちになって礼を言う。

「ありがとう。いろいろと教えてくれて」

「べ、別に」

少女はぶっきらぼうに答えると、かすかに頬を赤く染めて去っていった。

根はいい人なのかもしれない。おそらく後宮の空気に汚染されて、ちょっぴり心がすさんでいるだけなのだ。空気さえよくなれば、本来の性格を取り戻せるのではないだろうか。きっと彼女や周りにも笑顔が増えて、自分も楽しく仕事ができるはず。

「よし、がんばろう！」

玉玲は両頬を軽く叩いて、気合いを入れ直す。養父の薬代を稼ぐために、そして少しでも後宮の空気をよくするために、できる限りのことをしよう。

こうして、若干の不安と大いなる決意を胸に、玉玲の後宮生活が始まった。

後宮は四夫人、九嬪、二十七世婦の妃妾と、彼女たちに仕え、宮中の職務に携わる宮女、そして内侍省の宦官で構成されている。玉玲が仕えることになった才人は、二十七世婦の最下位。つまりは四十人中、一番下にいる下級妃嬪だ。

李才人は、少女が話していた通りの人物だった。掃除や洗濯など大量の仕事を押しつけたり、嫌みを言ったり。他の宮女に命じて、玉玲の衾褥に虫や蛙を入れたり。

しかし、玉玲は並外れた体力の持ち主で、一日中体を動かしていても苦にならない。

口の悪い兄弟子とずっと一緒に過ごしてきたからか、遠回しな悪口も気にならない。

山から砂漠に至るまで、僻地を旅してきた玉玲にとって、虫や蛙は小さな友達だ。それらを用意した宮女の方が、よほどこたえていたに違いない。

嫌がらせが全くきいていない玉玲に、才人の苛立ちはどんどん募っている様子だった。

どうにかして玉玲に、ぎゃふんと言わせたかったのだろう。

玉玲が後宮入りして十日後。風の強い午後に突然、才人は散歩にいくと言い出した。みなが恐れている南後宮の北側、御花園に。

玉玲も同行を命じられ、他二人の宮女と一緒につき従うことになった。

葉をまとわぬ柳の枝が風に揺れ、不気味な音を奏でている。奥にたたずむ高い塀は苔や蔦でびっしりと覆われ、手入れを施されている様子はない。地面に咲いているのは、毒々しい色合いのドクダミばかり。御花園とは名ばかりの寒々しい光景だ。

「才人様、戻りましょう。ここ、気味が悪いです」

取り巻きの一人である宮女が、おびえながら才人に懇願する。

「そうですよ。北後宮に一番近い場所ですし、いるだけで鳥肌が立ちます。何か出てきそう」

もう一人の取り巻きが訴えたところで、柳の枝から突如として烏が飛びたった。

二人の宮女は「きゃっ」と小さな悲鳴をあげ、体を抱き合いながら震え出す。

「どう、玉玲？　怖い？」

才人だけは平静を装い、得意げに玉玲を見た。少しだけ彼女の肩も震えているけれど。

「いえ、別に。空気は悪いなぁって思いますけど」

玉玲は、からりとして答える。恐怖は全くないが、漂っている空気だけは気になるところだ。

やはり、北へ進めば進むほど空気が濁っているような。

「北後宮って何なんですか？　みんな怖がってますけど」

後宮はなぜか南後宮と北後宮にわかれ、間を高い塀で区切られている。南後宮は皇帝の居住区で、妃嬪と宮女が暮らしている場所だ。北後宮については、あまり知られていない。気味の悪い場所だと言って、宮女たちは怖がるばかりだ。

「あなた、知らないの？　『あやかし後宮』を」

「……あやかし後宮？」

「あちらの区域では、火の玉が飛んでいたり、独りでに扉が開いたり、何もない場所から突然物音が聞こえたりするらしいわ。あやかしが跋扈する後宮。だから、あやかし後宮。昔、あちらの区域に住んでいた妃嬪が、あやかしに殺されたという話よ。入ったら呪われるらしいわ」

鬼気迫った顔で語る才人の話に、またもや宮女たちが悲鳴をあげた。

恐怖を微塵も感じない玉玲は、適当に「へー」と相づちを打ち、塀の上に目を移す。

するとその時、南から突風が吹き抜けた。

それぞれの裙がひるがえり、才人の肩から腕にかかっていた披帛は天高く舞いあがる。

才人は披帛をちゃんと摑んでいたのに、わざと手放したような……。

「取ってきなさい、玉玲」

風がやむや、才人は当然のように言い渡した。

「あの披帛、絹でできたそれは高価なものなの。なくなったら困るわ。早く取ってきてちょうだい。これは命令よ」

玉玲は直感する。才人はこれがやりたくて、御花園に連れ出したのではないだろうか。

後宮において、主人の命令は絶対だ。どんなに理不尽な指示でも従わなくてはならない。

自分が命じられたわけでもないのに、取り巻きたちの顔は真っ青だ。

「どうしたの？　できない？　命令に従えないのであれば――」

「あっちの後宮って、入ってもいいんですか？」

さっさとお使いを終わらせたい玉玲は、念のために確認した。

「立ち入り禁止だという話は聞いたことがないわ。まあ、怖がって誰も入らないけど」

「じゃあ、ちょっくら行ってきますね。怖かったら戻っていいですよ」

「行ってくるって……、ええっ⁉」

さっそく動き出した玉玲を見て、才人が吃驚の声をあげる。

玉玲は瞬く間に近くの木にのぼり、北後宮と南後宮を隔てる壁に飛び移った。

雑技団で長年、芸を鍛えてきた玉玲にとって、この程度の軽業など造作もない。

唖然とする才人たちを尻目に、塀から飛びおりる。大人二人ぶんの高さは優にあったので、宙返りまでしてみせた。たまには練習しておかないとな。

みごとに着地し、周囲を観察する。緑が鬱蒼と広がっているばかりで、建物や人影はいっさいない。まるで忘れ去られた廃園に迷いこんだかのようだ。

さて、肝心の披帛は――。


「――あった！」


少し遠くの低木に細長い布を発見し、玉玲は瞳を輝かせた。

急いでその場所まで駆け寄り、引っかかっていた披帛を回収しようとする。

しかしその瞬間、横合いから黒い風が吹き抜けて、披帛を奪った。

いや、風ではない。黒い体毛に覆われた小動物だ。

披帛を口にくわえ、突風のような速さで逃げていく。

「待って！　それは才人様の大事なものなの！」

玉玲は直ちに小動物を追った。

草が茫々と生えた緑地を、黒いもふもふはひたすら北へと駆けていく。

自分のものならあげてもいいが、見逃すわけにはいかない。手ぶらで戻れば、才人に何をされるか目に見えている。

「待て待て、泥棒！　返してよー！」

必死に食らいつき声をあげると、もふもふはビクリとして立ちどまった。

恐る恐る振り返り、玉玲に驚愕のまなざしを向けてくる。

「お前、おいらが視えるのか？」

どうやら、気づかれていないと思いつつ走っていたようだ。

「視えるよ。やっぱり君、あやかしだったんだね」

玉玲は笑みを浮かべながら小動物に近づき、まじまじと観察した。

縦長の瞳孔は黒く、虹彩の色は金。三白眼ぎみの目がやんちゃそうで愛らしい。一見、黒猫のようだが、しっぽが二股にわかれている。ちまたの猫より耳も大きい。

普通の猫はしゃべらないし、見た目も少しだけ違う。猫怪と呼ばれるあやかしだ。あやかしと会ったのは旅の途中、山で見かけて以来。四年ぶりだろうか。あやかしは結構希少なのだ。

「久しぶりだぁ」

うれしくなって体をもふもふ撫で回すと、猫怪は玉玲の手に猫拳をくり出した。

「気安くさわるなぁ！　おいらはこわーいあやかしだぞ？　呪ってやるんだぞ～？」

「あやかしはそんなことしないよ。後で遊んであげるから、まずはその披帛を返してもらえる？　私の主人、すごく面倒くさい人なんだ」

猫怪の脅しなんて何のその、玉玲は平然として訴える。

「お前、おいらが怖くないのか？」

「うん、全然。かわいいよね」

「だから、もふもふするなー！」

体を撫で回してきた玉玲をシャーッと威嚇し、猫怪は披帛をくわえて再び走り出した。

「あっ、待ってー！」

もちろん玉玲もすぐに後を追う。ぬかるみや茂みなどの障害物も難なく飛び越えて。

俊足で身軽な猫怪の走りにも、距離を離されることなく食らいついた。

「くっ、何てすばしっこいやつなんだー！　お前、ほんとに人間か？」

人間離れした速さと動きを見せる玉玲に、猫怪は焦燥をあらわに尋ねる。

「いちおうね。駆けっこなら誰にも負けないよ。そろそろ返してもらえるかな？」

玉玲は息を切らせることもなく言って、猫怪に迫った。

「このひらひらは、おいらのもんだー！」

猫怪は気合いの雄叫びをあげるや、一気に加速し、草道を西へと曲がる。

さすがに本気の猫怪にはかなわず、距離が開いた。

茂みにまぎれこまれでもしたら、完全に見失ってしまう。

これはちょっとまずいなと、危機感を募らせた時だった。

前方を駆けていた猫怪が突然動きを止める。

何か恐ろしいものにでも遭遇したかのように、ぶるぶると震え出したのだ。

いったいどうしてしまったのだろう。

不穏な気配を感じて立ちどまると、池のほとりに立つ桃の木陰から誰かが姿を現した。

その麗姿を視界にとらえた瞬間、玉玲ははじかれたように目を見開く。

長身で引きしまった体にまとっているのは、銀糸で蛟龍の刺繍が施された青藍の長袍。長い黒髪は一部だけを結いあげ、金簪を挿した小冠で束ねている。瞳の色は遠くからだと、黒とも青とも判別がつかない。ただ言えるのは、とても冷ややかだということ。

氷細工のように冷冷たる美貌の青年が、桃の木の下に立っていた。

会ったこともない男性のはずなのに、なぜか胸がざわついて目を離せない。

身動きもできずに見入っていると、青年が猫怪へと近づきながら尋問した。

「お前がくわえているものは何だ？　上質な披帛のようだが、盗んだものではあるまいな？」

猫怪を凝視する青年の双眸に、刃のごとき鋭利な光が宿る。

完全に萎縮してしまった猫怪は、答えることができずに震えるばかりだ。

「沈黙は肯定と受けとめるぞ。盗みを働いたのであれば、天律に則り処罰する」

青年の手が、腰に佩いていた刀の柄へと伸びる。

その瞬間、玉玲の脳裏に十二年前の光景がよぎった。

斬られるあやかしを何もできずに眺めていた記憶が──。

「待って！」

玉玲は直ちに声をあげ、猫怪の前へと飛び出していく。

もう二度とあの時のような思いはしたくない。

「それは私がその子にあげたんです！　そんな簡単にあやかしを殺さないで！」

十二年前のことを思い出しながら訴えると、青年は驚いたように眉を動かした。

「お前、あやかしが視えるのか？」

訝しげに尋ねてきた青年を、玉玲はただじっと観察する。

どこかで会ったことがあるような気がした。

そうだ、似ている。状況だけではなく、顔立ちも雰囲気も。

十二年前、玉玲の前であやかしを斬った青年に。

「……あの時の人ですか？」

玉玲はにらむように青年を見すえて問い返す。

「またあやかしを殺すんですか？」

玉玲の中では、目の前にいる青年と十二年前の青年が完全に重なって見えていた。

束の間、怪訝そうに眉をひそめた青年だったが、無表情で答える。

「物を盗んだだけなら殺しはしない。だが、二度と盗むことがないように手を斬り落とす。それが天律だ」

「盗んだだけで!? そんなのひどい!」

「あやかしは狡猾で残忍な生き物だ。平気で人をだまし、殺すことだっていとわない。悪さをしないように厳しく取りしまる必要がある」

「あやかしはそんな悪い存在じゃありません! 私が会ったあやかしは、陽気で人なつっこくて優しい子ばかりでした。悪さなんて、かわいいいたずら程度です。わけもなく排除しようとする人間の方がずっとひどい!」

十二年前の出来事をまざまざと思い出し、玉玲は目に涙を浮かべて反論した。

「それはお前があやかしの本性を知らないだけだ。この世には、無害であるかに見せかけて人を陥れるあやかしが大勢いる。あやかしは悪だ。そう思って対処しなければ誰も守れない」

青年が初めて語調を強め、面に感情をにじませる。

憎しみ、悔恨、そして冷徹に思えるほど強い信念。それらを垣間見て、玉玲は息を詰める。

もしかしたら、彼はあやかしのせいでひどい目にあったのかもしれない。

それでも、伝えたいことがあった。彼はかたくなになりすぎて、見えていないものがある。

「本当にそうでしょうか? 確かに、人に害を与えるあやかしはいるのかもしれません。でも、きっと多くの場合、それは人間に原因があるんです。攻撃されれば反撃もするし、優しく接すれば同じ優しさを返してくれる。遊び相手になってくれたり、心を癒やしてくれたり。あやかしも人間も一緒です。あやかしに望むことがあれば、言葉や行動で示せばいい。優しく導いてあげれば、あやかしは絶対に悪さなんてしません！」

夜色の冷たい瞳と視線を交えながら断言する。己の信念に従って。

今度こそ自分の手であやかしを守り通すのだ。

決意をたぎらせながら見すえていると、青年は感情の読めない静謐な目をして訊いた。

「ならばお前は、あやかしが悪さをしないように導くことができるのか？」

「できます！」

玉玲は即答する。そう答えなければ、きっとそばにいる猫怪のことも助けられない。己を通すために一歩も引くわけにはいかなかった。

青年は玉玲を吟味するように眺め、長い間を挟んでから口を開く。

「名前を聞いておいてやる。どこの者だ？」

「李才人に仕えている玉玲です。十日前に宮女になりました。あなたは誰ですか？」

会ってからずっと気になっていた。子どもの頃、あやかしを斬った青年ではないかと。

「十二年前、杜北村に来たことはありませんか？　阿青という名前に聞き覚えは？」

「……阿青？」

「私、以前杜北村に住んでいたんです。その時、助けてくれた少年の名前。優しくて澄んだ目をしていて、この人にならと友達をまかせられると思って、猫のあやかしを託したんです。とても穏やかで、きれいな空気をまとっていて」

何年たっても忘れられない。自分を救ってくれた少年のことが。目の前にいる青年があの少年の兄であるなら、阿青と天天が今どうしているのか知っているかもしれない。

「もしかして、あなたは杜北村に来て、あやかしたちを斬った人ですか？　弟の名前は阿青っていうんじゃないですか？」

阿青の情報を求め、期待を込めて訊く玉玲だったが、青年は冷ややかに答えた。

「知らん。人違いだ」

玉玲はがっかりして肩を落とす。

もしかしたら、阿青や天天に会えるかもしれないと思っていたのに。

ただ、青年が嘘をついている可能性も皆無ではない。雰囲気がとてもよく似ているし、あやかしを敵視しているところも同じだ。あやかしが視える人間もそうはいないだろう。

疑いの目を向けていると、青年が玉玲に背中を向けて歩き出した。

いちおう素性を聞いておきたくて、玉玲は「あの」と声をかける。

彼はいったい何者で、どうしてこんな場所にいたのだろうか。

「先ほどの発言を忘れるなよ。披帛はお前がその猫怪にやったということにしておいてやる」

詳しく話を聞きたかったが、青年は素っ気なく告げて、東の路へと消えていった。

後宮は原則、男子禁制だ。皇帝以外で出入りできるのは、宦官と十三歳以下の皇子のみ。皇帝は四十を過ぎているらしいから、彼は後宮内の規律を取りしまる高位の宦官だったのだろう。

一人納得した玉玲は、とりあえず危機を回避できたことに安堵し、後方に目を向ける。

「もう大丈夫だよ」

震えていた猫怪だったが、優しく背中を撫でてやると、徐々に平静さを取り戻していった。

青年は猫怪のことを見逃してくれたみたいだし、あとは心配ないだろう。

「さて、帰るか」

玉玲は猫怪を思う存分もふもふしてから立ちあがった。

「おいっ。いいのか？　このひらひらは？」

我に返った猫怪が、披帛を示して問いかける。

「さっき、『あげた』って言っちゃったからねぇ。もらったことにしておきなよ」

「でも、お前、面倒くさい主人がいるんだろう？」

「まあね。でも、私なら軽く叩かれる程度だから。君が手を斬られるよりはましでしょう？」

青年から猫怪を守りたくて、とっさに嘘をついてしまった。その責任は負わねばならない。

「その披帛はあげたことにするけど、もう物を盗んだりしたらだめだからね」

玉玲はいちおう猫怪に注意し、笑顔で「じゃあね」と別れを告げた。

「お、おいっ」

猫怪に呼びとめられた気がしたが、すでに走り始めていた玉玲の足は止まらない。あまり待たせると、才人の機嫌が更に悪くなってしまう。

軽い処罰で済むことを祈りながら、玉玲は来た道を駆け戻っていった。

北後宮には塀の近くに木がなかったため、出るのに時間がかかってしまった。

結局、南後宮と北後宮をつなぐ唯一の門へ行き、見張りの宦官を仰天させたのだ。経緯を説明した後、玉玲は彼らにこってりしぼられた。本当は上の許可がなければ、北後宮に入ることはできなかったらしい。才人は知らなかったのか、嫌がらせの一環で嘘をついたのか。宦官が同情してくれたおかげで処罰は厳重注意で済んだが、才人が暮らす殿舎へ戻った時には、日が暮れかけていた。

玉玲は憂鬱な気持ちで才人の部屋へ向かい、彼女の前に立つ。

「玉玲、披帛を持っていないじゃないの。これだけ時間をかけておいて、まさか見つからなかったなんて言うのではないでしょうね？」

案の定、才人の機嫌は寒気を覚えるほど悪かった。手ぶらの玉玲を見て、つりあげた口角をぷるぷると震わせている。

「はい。見つかりませんでした」

玉玲は開き直って答えた。

「お前、よくもいけしゃあしゃあと！」

「杖刑ですよね。さっさと済ませちゃってください。持ってきましょうか？　杖」

　面倒くさくなって自ら進言する。杖刑とは、杖と呼ばれる木の棒で臀部を叩く刑罰のことだ。罪を犯したり、命令に従わなかった場合、主人である妃嬪は宮女に罰を与えることができる。杖刑程度なら己の裁量で処罰してもいいらしい。死なないくらいまでなら。

　後宮というのは本当に理不尽な場所だ。どんな無理難題でも遂行できなかった場合、罰を受けなければならない。中には優しい妃嬪もいるらしいが、横暴な主人にあたったのが運の尽き。

「さあ、どうぞ」

　部屋の隅に置いてあった才人愛用の杖を手渡し、玉玲は自ら臀部を向ける。

　才人はずっとこれがしたかったのだ。玉玲を屈服させ、一度でいいから苦痛にゆがむ顔が見たかったに違いない。早く終わらせるため、適当に痛がっておくか。

「生意気なっ」

　玉玲の態度に苛立ちを募らせた才人は、勢いよく杖を振りあげる。

　素直すぎてもだめだったか。失敗したなと、後悔しかけたその時。

「李才人！」

　部屋の入り口から突如として女性の声が響いた。

　見慣れない宮女が室内へと駆けこみ、あわてた様子で才人のそばに寄る。

彼女から何かを耳打ちされた才人は、徐々に眉を曇らせ、青白い顔で叫んだ。

「えっ、嘘っ!?」

才人の耳に、恐ろしくて意外な情報が飛びこんだらしい。明らかに怒りではなく、恐怖に全身を震わせている。雷にでも打たれたかのようだった。

「どうかしたんですか？」

玉玲は腰を曲げた体勢のまま尋ねる。すると、

「申し訳ございませんでした、玉玲様ぁ！」

才人がいきなり床に頭をこすりつけて謝罪した。

「はいぃっ？」

これには肝の太い玉玲も、吃驚の声をあげる。叩かれる覚悟をしていたというのに、いったい何事か。わけがわからなすぎて、体勢がもとに戻らない。

しばらく玉玲の臀部に向かって叩頭していた才人だったが、やがてすくっと立ちあがり、近くにいた取り巻きの宮女に、こう命令した。

「何をしているの？　早く湯あみの準備を。玉玲様のお召し替えを手伝いなさい！」

宮女たちは戸惑いの表情を浮かべながら返事し、外へと向かっていく。

「玉玲様、あちらへ向かわれるまで精一杯お世話をさせていただきますわ。ですから、これまでのことは全部水に流してください！　どうかお許しをぉ！」

才人は玉玲の臀部をあがめるように再度ひれ伏したのだった。

白粉を塗りたくられて、顔がむずがゆい。髪は高髻に結いあげられ、胸もとが少し開いた紅梅色の襦を着せられていたため、夜風がじかにあたって寒かった。胸の下から地面に広がる桃色の裙は、足もとにまつわりついて歩きにくい。結い髪に挿された歩揺も、大きな紅玉が象嵌された耳環も心なしか重く、何もかもが鬱陶しかった。

わけがわからぬまま飾り立てられ、殿舎を出て約半刻（十五分）。前方に瑠璃瓦を頂く壮麗な門が見えてきた。数刻前にも一度通った、北と南の後宮をつなぐ北陽門だ。

案内役の宮女に導かれ、玉玲は裙に足をもつれさせながら門扉へと向かっていった。

「玉玲様がいらっしゃいました」

門番を務めていた宦官に、宮女がしずしずと取り次ぎをする。

「どうぞお通りください」

すでに話が伝わっていたのか、宦官はあっさり告げて、玉玲に拱手の礼を取った。昼間注意してきた時とは違い、ずいぶん慇懃な態度だ。もう何が何やら。

困惑する玉玲だったが、「どうぞ」と再度先へ促されたため、仕方なく門をくぐる。

すると、出てすぐの場所に、緑色の官服を着た中肉中背の男性が待ちかまえていた。

「お待ちしておりました、玉玲様。わたくし、北後宮の雑事を取りしきっております、太監の馬文英と申します。どうぞお見知りおきのほどを」

文英と名乗った男性が、うやうやしくこうべを垂れて拱手する。

玉玲は少し意外に思いながら文英を観察した。まとう空気が優しげなものだったから。後宮の悪い空気に全く汚染されていない。こんな穏やかな人に会ったのは初めてだ。

若干色素の薄い髪は頭上でまとめ、黒い紗帽の中に収めている。年齢は二十代半ばくらいだろうか。太監、いわゆる宦官の中では比較的若い。口もとには柔和な微笑をたたえ、ずっと笑んでいるためか目が細く見える。

「それでは、ご案内いたします」

じっくり観察していると、文英は笑みを深めて告げ、玉玲に背中を向けた。

「あの、どちらへ行かれるんですか？」

玉玲は文英の後を追いながら質問する。いい加減、誰か説明してほしい。

「おや、事情をお聞きではないのですか？」

驚いた顔をする文英に、眉を曇らせて「はい」と返事をする。才人は宮女に玉玲の世話をするよう命じた後、どこかへ行ってしまい、宮女も詳しい事情までは把握していない様子だった。玉玲の身なりを整えた後、この門へ案内するように言われただけらしい。だから、なぜ着替えさせられたのかも、北後宮へ連れてこられたのかも謎すぎて、ただ困惑するばかりだった。

「ならば、私からは何も話さない方がいいでしょう。主人の趣向かもしれません」

「え～、教えてくださいよ。いきなり飾り立てられて、もうわけがわかりません」

「ふふ、秘密です。主人から直接お聞きください」

文英は人差し指を唇の前に立てて笑う。穏やかなだけではなく、茶目っ気もあるらしい。気になりはしたものの、文英の人柄に好感を覚え、玉玲は追及することなく先へと進む。

北後宮には夜の帳がおり、廃墟のような静謐さで満ちていた。南後宮では宮灯や篝火が随所にあるため夜でも結構明るいが、こちらは真っ暗で、文英の手にしている灯籠がなければ、歩くこともできなかったに違いない。

長く連なる建築群に挟まれた路を、文英の先導に従い北上していく。

建物には誰もいないかのように思われたが、ぽつぽつと妖しく光る何かが見えた。まるで暗がりにいる動物の目のように。路の左右から赤い光がちらついている。

「何か、遠巻きに見られてますね。もしかして、全部あやかしですか？」

玉玲は前を歩く文英に、周囲を観察しながら尋ねた。何となくだが、気配が普通の動物とは違う気がする。警戒されているのか、ちくちくとした空気を感じた。

「ええと、わからないです。申し訳ありません。私にはあやかしが視えないので」

「そうなんですか？　この区域にいる人全てに視えるわけじゃないんですね」

「もちろんです。全てではなく、普通の人間には視えません。私が知っている中で視えるのは、皇族の方だけですね。霊力の高い方のみですが」

「霊力?」

首をかしげた玉玲に、文英はどう説明すべきか困ったような顔をする。

「玉玲様は暘帝国の成り立ちについてはご存じで?」

玉玲は「いいえ、あまり」と正直に答えた。生活能力はある方だと自負しているが、学府には通っていないので、歴史についてはうとい。

「では、簡単にお話ししましょう。昔、陽界と陰界は巨大な門でつながっていて、たくさんのあやかしが地上に出入りしていた。中には悪さをするあやかしもいて、霊力のある人間が退治する役割を担っていた。その人間こそ、我が国の初代皇帝・馮安世様。暘帝国の太祖はあやかしたちを陰界へと追い返し、門が開かないように封鎖した。そして門を見張るため、この地に城を築いたんです。それが紫垣城というわけですね」

「その話は本当なんですか?」

おとぎ話のように思えて尋ねた玉玲に、文英は手提灯籠を高く掲げてみせる。

「ご覧ください、一番北にある巨大な門を。あれが今話した、陽界と陰界をつなぐ崑冥門です。固く封印されていて、どんなに押してもびくともしません」

玉玲は示された方角に目を向けた。暗くてはっきりとは見えないが、どこの門よりも大きくて、荘厳な雰囲気を放っていることはわかる。鳥肌が立つほど混沌とした冷気をまとい、近づけば呑みこまれてしまいそうな錯覚を抱いた。

「じゃあ、本当に？」

一気に文英の話を信じる気持ちになる。あの門はただの門ではない。

「ここには、陰界へ帰りそびれたあやかしたちがたくさん集まっているという話ですね。人に危害を加えないように集められたとも聞きますが。あやかしは霊力のある人間にしか視えません。太祖の末裔である皇族にしか。稀に民間にも霊力の強い人間がいるとは聞いていましたが、このような形でお目にかかれるとは。あなたのような方は本当に希少なのですよ」

「でも私、何度かあやかしが視える人に会いましたよ？　ここでも今日」

昼間会った青年のことを思い出していると、文英が急に歩く速度をゆるめた。

ぶつかりそうになった玉玲は、立ちどまって前方に目を向ける。門と文英の話に気を取られて気づかなかったが、黒光りする二重庇の宮殿がすぐ近くまで迫っていた。岩山のごとき重圧感を放ち、崑冥門を背後に厳然とたたずんでいる。まるで門の前に築かれた堅牢な砦のようだ。庇と庇の間に掲げられた扁額には、金筆で『乾天宮』と記されている。

「お待たせいたしました。こちらへどうぞ。詳しい話は主人よりお聞きください」

宮殿に目を凝らしていたところで、文英が入り口の扉を開き、先へと促してきた。

早く事情を知りたい玉玲は、ためらわずに屋内へ足を踏み入れる。

宮灯の淡い光に照らされた走廊へと導かれ、少し進むと、沈金で雲龍文の装飾が施された朱漆の扉が見えた。

文英は扉の前で立ちどまり、うやうやしくうかがいを立てる。

「玉玲様をお連れいたしました」

一拍後、中から「入れ」と男性の声が響いた。

文英が扉の鋪首に手をかける。

いったい誰なのだろう。自分をこんな場所まで呼び出したのは。絶対にただ者ではない。

扉が開く様子を少し緊張しながら眺め、室内に目を向けた瞬間。

「あなたは――!?」

玉玲は思わず驚きの声をあげた。

壮麗な部屋の奥、書類が積み重なった卓子の前に座っていたのだ。昼間この区域で会った氷像のような美貌の青年が。長い睫毛に縁取られた切れ長の目に、青のようにも見える冷たい瞳。腰の長さの黒髪は束ねずにおろし、昼間より若干くつろいだ格好をしているが、間違いない。

「えーと、太監の方ですよね？　私に何の用が――」

訊こうとするや、そばに控えていた文英が口を挟む。

「太監ではございません。こちらにおわすお方は、馮幻耀様。今上帝の第五皇子で、暘帝国の太子様であらせられます」

「た、太子様!?」

またもや玉玲の口から吃驚の声が飛び出した。

太子というのは、次期皇帝のことだっただろうか。混乱する頭を必死に整理する。

「あれ？　でも後宮って、皇帝陛下と太監以外の成人男性は立ち入り禁止だったんじゃ……」

「北後宮は例外だ。北の区域は代々太子が治めることになっている。まあ、ここの内情は皇族の他に、一部の妃嬪と太監以外には伏せられているからな。新米宮女では知りえないか」

「情報を規制しなければ、宮女たちが更に怖がりますからね。北後宮には実際あやかしがうじゃうじゃいるなんて話が広まれば、恐慌状態に陥りかねませんし。玉玲様も今日耳にすることは口外なさらないでください」

幻耀の説明を文英が補足し、玉玲に口止めした。

困惑しながらも、玉玲は「はあ」と返事をする。

まさか、あの青年が太子様だったなんて。かなり生意気な口を叩いた気がするのだけれど。

まさか、不敬罪に処すために呼び出したのではないだろうな。

「それで、この国の太子様が私にどういったご用件で？」

玉玲はいくぶん慇懃に口調を改め、内心ドキドキしながら質問する。

幻耀は冷ややかな目つきで玉玲を見すえ、おもむろに口を開いた。

「お前には俺の妃になってもらう。ここにいるあやかしたちを監視してもらいたい」

「………はあっ!?」

玉玲の裏返った声が、夜のしじまにこだまする。本日一番の大声だ。

理解が追いついていない玉玲を尻目に、幻耀は説明を始めた。

「北後宮には今、俺たち以外の人間はいない。俺が太子になってまだ日が浅いからな。北後宮を治めるということは、あやかしたちを監督するということ。それがこの地を番人として治めてきた馮家の後嗣に与えられた使命。悪さをする者がいれば厳しく処罰し、時に魂を冥府へ送る。あやかしを滅することができるこの妖刀で」

幻耀の手が後方の壁に飾ってあった刀へと伸びる。

刀身がやや湾曲した柳葉刀だ。昼間も腰に佩いていた。

「だが俺は今、他にも大量の仕事と問題を抱えている。太子に冊立されたとはいえ、いまだに敵が多く、地位が安定しない。北後宮の全てには目が回らなくてな。だから、お前に一部の役割を担ってもらいたい。妃として北後宮を監視し、問題があれば俺に伝える。あやかしたちを管理する簡単な仕事だ。できるな？」

唐突に問われ、玉玲はしどろもどろになってこぼす。

「えと、それは……」

「あやかしが悪さをしないように導くことができる、そう言ったな？」

「……言いました、けど。妃として、というのは……」

異動ならまだしも、立場が飛躍しすぎて受けとめきれない。妃ということは、やらなければならない役割がいろいろとあるわけで。

「主上のご命令だ。南後宮の宮女は、言わば皇帝の所有物。許可もなく北へ異動させることはできない。主上にお前のことを話し、北後宮で仕事をさせたいと奏上したら、条件を出された。宮女ではなく妃として連れていくようにと」

幻耀は不服そうに眉根を寄せて告げた。

「一介の宮女に北後宮の内情は明かせない。立場を慮ってのことだろうが」

「いえ、それだけではないでしょう。主上は、十八になっても妃を迎えようとしない殿下にしびれを切らされたのですよ。以前より、お世継ぎの問題を憂慮されていましたし。ちょうどいいから玉玲様と子をもうけるよう仰せられたではありませんか」

「こっ、子をもうけるぅ⁉」

玉玲は思わず後ろへ飛びのき、幻耀との距離を取る。その役割までは考えていなかった。

「余計なことまで話すな、文英。俺は地位が安定するまで子をもうけるつもりはない。今は赤子の安全にまで気を配る余裕などないからな」

幻耀はじろりと文英をにらみ、玉玲に視線を戻す。

「手を出すつもりはないから心配するな。俺にはお前のような子どもを愛でる趣味もない」

――子どもって……。

そういう認識をされているのは不本意だが、他にもいろいろと問題がある。

「私、最下級の宮女ですし、もとは雑伎団出身の捨て子ですよ？　仮にも妃になれる身分ではないと思うのですが」

「問題ない。俺は身分にかかわらず能力のある者を重用する。他に何か問題はあるか？」

世継ぎの皇子であるのに、ずいぶんと柔軟で先進的な発言だ。

意外に思いながら玉玲は、一番重要な問題を口にする。

「あります。私には重い病をわずらった養父がいるんです。高額な薬代が必要で」

「金で解決することなら簡単だ。俸給は宮女の三倍出そう」

「それは、すごくありがたいですけど……」

「何だ、まだ不満があるのか？」

「家族と約束したんです。三年たったら戻ってくる。そしたら、また一緒に旅を続けようって。妃になったら、簡単には後宮から出られないんでしょう？　それは嫌だから」

思い出すのは家を出る前、養父と交わした約束だ。愛する家族に別れを告げ、寂しさをこらえてここに来た。また一緒に旅する日を夢見て。その希望だけはついえさせたくない。

とはいえ、皇族の命令は絶対だ。要求したところで、命じられれば無駄か。

そう考える玉玲だったが、幻耀は「三年か」とつぶやき、小さく頷いて、こう言った。

「いいだろう。父にも言われているからな。三年以内に次の皇后にふさわしい妃を見つけるようにと。それだけの期間があれば俺の地位も今より安定し、問題もあらかた片づいているはずだ。三年たったらお前のことは適当な理由をつけて離縁してやる。それなら不満はあるまい」

まさか、こちらの事情を考慮してもらえるとは思わず、玉玲は目を丸くする。

「つまり、三年以内に太子様は次の皇后にふさわしい妃を見つけ、地位を安定させる。私はそれまでのつなぎで、期間限定の契約妃ということでよろしいですか？」

「ああ。期間を設けた方が目的意識もあがるだろう。どうだ？」

どうだもこうだもない。玉玲にとっては、これ以上にない申し出だ。

俸禄は三倍。年季はもとの通り三年。仕事自体もやりがいがありそうだ。

太子は思っていたより話のわかる人間のようだが、あやかしへの対応には不安があった。

申し出を受ければ、理不尽な決まり事からあやかしたちを守れるかもしれない。

「わかりました。そのお仕事、請け負います！」

玉玲は何の迷いもなく受諾した。

すると、幻耀はふところへ手を伸ばし、

「では、これをやろう」

そう言って、黒漆塗りの鞘に包まれた短刀を、玉玲の方へと差し出す。

「これは？」

「あやかしを滅することができる妖刀だ。女性でも扱えるよう短刀にしてある」

目を見開く玉玲に、幻耀は淡々と説明した。

「北後宮には結界が施されていて、あやかしたちが塀の外に出ることはない。区域の至る所にあやかしの力を封じる呪符が貼られているから、大きな危険もないはずだ。だが、やつらは気まぐれで、いつ何をしてくるかわからない。念のための護身用だ。持っているだけで、あやかしたちがおびえて近づいてこない。身につけておけ」

「必要ありません」

玉玲はきっぱりと断った。

「私はあやかしたちと友達になりたいんです。何でも気軽に相談してもらえるような存在に。だから、あやかしをおびえさせるような刀なんていりません！」

冷ややかさを増していく幻耀の空気にひるむことなく言い放つ。養父に、楽しく仕事をすると約束した。刀なんてあったら、自分もあやかしたちも笑顔では暮らせない。

「お前はあやかしのことをまるでわかっていない。やつらは簡単に人を傷つけるぞ。油断すれば、すぐに牙を剝く。ずる賢くて危険な存在なのだ」

「そんなことはありません！　彼らは人と同じです。真心を込めて接すれば、心を許して応えてくれる。私は私のやり方であやかしを導きます。絶対に悪いことはさせません！」

ゆずれない思いを胸に宣言すると、幻耀は玉玲に鋭利な視線を向けて警告した。

「命を落とすことになっても知らんぞ」

「心配しないでください。私、これでもかなりたくましいんです」

脅すような言葉を受けても、玉玲は一歩も引かず、微笑さえ浮かべて主張する。

幻耀は、話にならないとばかりに軽く首を振り、ため息をついて言った。

「議論を続けても無駄のようだ。文英、彼女を部屋に連れていけ」

文英は即座に「御意」と応え、玉玲を部屋の外へと誘導する。

「さあ、まいりましょう。ご案内いたします」

希望は叶ったものの、玉玲の胸は晴れない。

「どうしてそこまであやかしを悪く思っているんですか？」

部屋を出る間際、玉玲は単刀直入に尋ねた。

訊いてはいけないことだったのか、文英が顔を強ばらせ、「玉玲様」と言って腕を引く。

彼が強引に扉を閉めようとしたところで、幻耀が低い声音で告げた。

「あやかしに限った話ではない。俺は誰も信じない。あやかしも人間もな」

幻耀の言葉と扉の閉まる音が、やけに重々しく耳に響いた。

玉玲は更に幻耀のことがわからなくなる。ただ冷たい人間というわけではない。彼は猫怪を闇雲に罰そうとはしなかったし、自分の事情も考慮して契約妃という形で仕事をまかせてくれた。根は真面目で寛容な人なのだと思う。それなのに、なぜ全てを拒絶しようとするのだろう。

彼のことが知りたいと思った。そして、できることなら受け入れてほしい。人もあやかしも。

自分が幻耀とあやかしをつなぐ架け橋になれたらいい。

「教えてください、文英さん。どうして太子様は心を閉ざしてしまっているんでしょう？」

まずは幻耀を理解することから始めるべく、玉玲は質問する。

部屋を出る間際の反応からすると、文英は何か事情を知っているように思えた。

しばらく黙りこんでいた文英だったが、神妙な面もちで口を開く。

「このことは絶対に口外なさらないでくださいね。特に殿下には」

玉玲は不穏な空気を感じながら頷いた。

「殿下はお母上を殺されたのです。北後宮にいたあやかしに」

「………え？」

虚脱した声をもらす玉玲に、文英は暗い目をして忠告する。

「あなたが会われてきたのは、善良なあやかしばかりだったのでしょう。ですが、世の中には危険なあやかしがいるということも覚えておかれた方がよろしいかもしれません」

文英の口からもたらされたのは、予想以上に深い闇だった。

玉玲は言葉を返すこともできずに立ちどまる。

どうすれば幻耀の心を開けるのだろう。彼とあやかしをつなぐことができるのか。

さすがに答えは出てこなかった。

玉玲が通されたのは、幻耀の執務室から五つ離れた部屋だった。

通常、妃には主人とは別の殿舎が与えられるのだが、ここ以外の建物は今、あやかしたちの巣窟となっていて、住むことができない状態らしい。とりあえずは、幻耀が暮らす宮殿に部屋を与えられ、そこに仮住まいさせてもらうことになった。

入室するとまず、螺鈿細工の施された屏風が視界に飛びこんでくる。広さは宮女の部屋の五倍はあるだろう。高価な調度品が目につくばかりで、一人でいると物寂しくて落ちつかない。特にすることもないので玉玲は、用意された絹の夜着に袖を通し、臥牀に横たわった。夜具もすべすべとした手ざわりの絹で、上方を赤い天蓋で囲った豪奢な臥牀だ。これまた落ちつかなくて眠れない。薄っぺらい木綿の衾褥と宮女たちのいびきが恋しい。

眠れない理由はもう一つあった。幻耀の母親があやかしに殺されたという話。

文英の言ったことは本当なのだろうか。彼は詳しい話を聞かせてくれなかったし、まさか幻耀に直接尋ねるわけにもいかない。あやかしが人を殺すなんて、玉玲には信じがたいのだが。

悶々と考えながら寝返りを打っていると、部屋の入り口からかすかな物音が響いた。

文英が宮灯の火を確かめにきたのだろうか。妃嬪が暮らす部屋では、就寝中でも明かりをつけているのが普通だ。眠れないから消してくれるとありがたい。

入り口に背中を向けていた玉玲は、ゆっくりと寝返りを打つ。

扉のそばにかけられていた宮灯が、端整な男性の顔を艶めかしく照らし出した。

「……え？　太子様!?」

思いがけない人物の来訪に玉玲は驚き、臥牀から飛び起きる。

「どうしたんですか？　ここは私の部屋ですよ？」

幻耀の臥室は二つ離れていると聞いたのだけれど、間違えて来たのだろうか。

口論したばかりだというのに、まさか訪いがあるとは思わず、玉玲は目をしばたたく。

幻耀は無言で臥牀まで近づいてくるや、突然玉玲の体を押し倒した。

「えっ、ちょっと、いきなり何するんですか！」

起きあがろうとするも、幻耀が逃げ道をふさぐように覆い被さり、身動きが取れない。

息が届くほど間近に幻耀が迫っていた。ぞっとするほど鋭く、冷淡な顔で。

その視線の冷ややかさに玉玲は寒気を覚え、ビクリと肩を震わせる。

「何だ、これしきのことでおびえているのか？　乳臭い娘だな」

幻耀はクッと小さく嗤い、見下しきった表情で玉玲を凝視した。

「……太子様？」

いったいどうしてしまったのだろう。彼はここまで驕慢な男性だっただろうか。

夜中になると男は変貌する。だから、よく知らない男性と決して夜に会ってはならないと、親バカな養父が言っていたけれど。

あまりの印象の変化に、玉玲は戸惑いながら幻耀の顔を見あげる。

「お前は俺の妃としてここへ来たのだろう？　ならば夜、何をされるかわからないほど幼稚ではあるまい。これから毎晩、お前の体をなぶってやる。どんなに痛いと泣き叫ぼうが、ボロボロになるまでな！」

　鋭く言い放つや、幻耀はかみつくように玉玲の首もとをむさぼってきた。

　そこでようやく玉玲は、彼の目的を察知する。

「待って！　手は出さないって言いましたよね？　私みたいな子どもは趣味じゃないって。子どもじゃないですけど。って、ちょっと、やめてください！」

　抵抗を試みる玉玲だったが、幻耀は少しも体を離そうとしない。

　それどころか、玉玲の夜着を肩口まではだけさせ、今度は鎖骨の下の柔肌に食らいついた。

「……んっ！」

　チクッとした痛みとくすぐったさをこらえながら、玉玲は必死に幻耀の腕を摑んで訴える。

「嫌です！　こういうのは本当に好きな相手とじゃないと！　私、胸も色気もないですよ？　やめてください、太子様！　やだ、やめて～!!」

　夜着をはぎ取ろうとする幻耀に反抗して、悲鳴をあげた直後――。

「何の騒ぎだ？」

　勢いよく扉が開くと同時に、誰かが室内へと駆けこんできた。

　玉玲は顔だけを入り口の方へ向け、目玉が飛び出そうになるくらい仰天する。

　訝しげな顔をして立っていたのだ。今、体を押し倒しているはずの幻耀がもう一人。

「って、え？　太子様!?」

すぐそばと入り口にいる人物を見比べてみるが、やはりどちらも幻耀だ。

吃驚する玉玲を尻目に、入り口にいる幻耀は、もう一人の幻耀に冷たい視線を向けた。

「どういうつもりだ、漣霞？　それは俺に対する反抗か？」

漣霞と呼ばれた幻耀は、玉玲から体を離して立ちあがる。

「嫌ですわ、幻耀様。ご挨拶代わりにからかっただけじゃありませんの。ほんの冗談ですわ」

玉玲が瞬きした瞬間、突然すぐそばに若い女性が現れた。

「ええっ⁉」

またもや玉玲は裏返った声をあげてしまう。今日は叫びすぎて、もう喉が痛い。

現れたのは、もふもふのしっぽが生えた二十歳くらいの女性だった。結いあげた長い髪は、しっぽと同じ狐色。つりあがりぎみの目は髪の色よりも少し淡い。凹凸のはっきりした豊満な体には、妃嬪さながらの華美な襦裙をまとっている。

いかにも妖艶で、異様な雰囲気をかもす女性が突然現れたのだ。いや、現れたというより、変身したという表現の方が正しいかもしれない。

瞠目したまま観察していると、幻耀が玉玲を冷然と見おろして訊いた。

「見たことがないのか？　狐精のあやかしを」

「ありますけど、みんな狐みたいな姿だったので。こんなふうに変身したところは……」

ない。これまで会ったあやかしは、ほとんど獣の姿だった。

「化かされたのは初めてか。妖力の強いあやかしは人に変化する。妖術を極めた者なら、どんなものにも化けることができる。北後宮でその力があるのは漣霞だけだがな」

「あれ、でも、北後宮にはあやかしの力を封じる呪符が貼ってあるんじゃ……？」

「漣霞だけは特例だ。呪符がきかなくなる護符を与えている。あやかしたちの情報を俺に流すことを条件にな。諜報員のようなものだ。まあ、あまり信用はしていないが」

玉玲の疑問に答えるや、幻耀は漣霞に威圧するようなまなざしを向けた。

「漣霞、お前はあやかしの中では従順で、長年問題を起こすことがなかったから護符を与えていたが、くだらないことをするなら取りあげるぞ。人間に害を及ぼすようであれば、お前でも容赦しない。天律に則り、処罰する」

幻耀の手が佩帯していた刀の柄へと伸びる。

「わかっておりますわ。二度とこのようなことはいたしません。幻耀様のお役に立てるよう、今後も見回りに励みます。どんな命令にも従いますわ」

漣霞はにっこりと笑い、恭順の意を示すように拱手した。

「ならば、しばらくその娘の面倒を見てやれ。来たばかりで勝手がわからないこともあるだろう。北後宮に問題がないよう、共にあやかしたちの監視にあたれ。いいな？」

「承知いたしました」

彼女の目と口はゆるやかな弧を描き、服従を示し続けている。貼りつけたような笑顔だ。

「今度またふざけたまねをしたら許さんからな」

鋭くにらんで釘を刺すと、幻耀はこちらに背中を向けて去っていった。

部屋には、女二人と重苦しい空気だけが取り残される。

玉玲は呆然としつつ、漣霞の様子をうかがった。冗談では済まないいたずらをされたような気がするけれど、従順な態度を見る限り、悪意はなかったのだろう。彼女とはつき合いが長くなりそうだし、楽しく仕事をするためには仲よくなっておいた方がいい。

「漣霞さん、って名前でいいんだよね？　私、玉玲っていうの。後宮には来たばかりで、わからないことだらけだから、いろいろと教えてね。どうぞよろしく」

乱れた襟もとを整え、笑顔で挨拶する玉玲だったが。

「はあ？　何であたしがあんたとよろしくしなけりゃなんないのよ。あたしは特権が欲しくてあの方に従ってるだけ。ずっと獣の姿でいるなんてごめんだからね。逆らったら恐ろしいことになるから、問題なんて起こさないけど。子どものお守りなんて冗談じゃないわ」

漣霞は顔つきも言葉遣いも一変させ、刺々しく言い放った。ゆるやかだった目もとはきつくはねあがり、口からは牙が見えている。まるで別人、じゃなくて別妖だ。

「あたし、人間の女って嫌いなのよ。あんた、相当ねんねみたいだから、ああやって脅せば泣いて逃げ出すんじゃないかと思ったんだけど、バカみたいに騒ぐから気づかれちゃったじゃない。危うく護符を取りあげられるところだったわ。ねえ、自分から出ていってもらえる？」

鋭い口調で要求され、玉玲は困惑をあらわにする。望みがあるなら何でも聞いてあげたいところだが、幻耀との約束を違えるわけにはいかない。

「それは無理だよ。もう妃になるって契約しちゃったし。あやかしたちのために精一杯働くから、仲よくしてもらえないかな？」

「仲よく？　冗談じゃないわ！　近くにいるだけで肌が荒れそうよ！　美容に悪いから金輪際近づかないでちょうだい！」

漣霞は声を荒らげて言い放つや、勢いよく扉を開けて出ていってしまった。

バタン！　と閉まった扉を眺めながら、玉玲は深いため息をつく。

どうすれば幻耀に心を開いてもらえるのか悩んでいるところだったのに、彼女まで。

どうせ長く暮らすのなら、養父の言う通り自分も周りも笑顔で過ごせるようにしたい。そう思っていただけなのに、実現するのは意外に難しい。

契約妃としての後宮生活は前途多難だ。

# 第二章  あやかしおもてなし計画

透かし彫りが施された風雅な窓から、朝の淡い光が射しこむ。

契約妃となって迎える初めての朝。あまり眠れなかった玉玲は、とりあえず昨日着ていた襦裙を身にまとい、あくびをかみ殺しながら部屋を出た。

漣霞には金輪際近づくなと言われたし、他に頼る人もいない。重い足取りで幻耀の執務室へと向かっていく。まだ朝早いから、宮殿のどこかにはいるだろう。

予想していた通り、幻耀は執務室にいた。いつから起きていたのか、少しも眠そうな様子はない。氷の美貌を損ねることなく、卓子の前に端然と腰をおろしている。

「おはようございます」

おずおずと入室した玉玲は、若干気おくれしつつ、幻耀に話しかけた。

「まず何から始めればいいか聞きたくて来たんですけど」

朝食も着替えも自分で用意するしかないのだが、どこから調達すればいいのかわからない。

書類に目を通していた幻耀は、眉をひそめて問い返した。

「漣霞は？」

玉玲は「さあ」と言って、肩をすくめてみせる。

幻耀は大きなため息をつき、渋い表情で立ちあがった。

「仕方ない。ついてこい」

「……え？」

「初日だからな。この区域とお前の仕事について軽く説明してやる」

もしかして、北後宮を案内してくれるのだろうか。

「は、はいっ」

走廊へ出ていく幻耀を玉玲はあわてて追った。意外に面倒見がいいようだ。

おなかがすいているのだけれど、まずはごはんを食べさせてください、なんて言える空気ではない。彼はもう朝食を済ませたのだろうか。

そんなことを考えながら、幻耀の後について宮殿前の大路を進んでいく。

北後宮は明るい時間だというのに、相変わらず閑散としていた。

大路の脇には壮麗な建物が軒を連ねていたが、そこに人の気配はない。

鴟尾をのせた瑠璃瓦も、色彩豊かな梁架や斗拱も、心なしか色あせて見える。南後宮に劣らないほど立派な殿舎が並んでいるのに、まるで何年も前に滅んだ町のようだ。

「こんにちは！」

建物の窓辺に猫怪の姿を発見した玉玲は、元気よく挨拶をした。

だが、あやかしはビクリと体を震わせるや、奥へと引っこんでしまう。

他の建物にも猫怪はちらほらいたが、みな目が合うと即座に逃げていった。

「どうしてみんな、おびえているんでしょう？　誰も外に出てこないんですけど」

玉玲は、少し前を歩く幻耀にしょんぼりしながら問いかける。

「別にお前におびえているわけではない。人間を警戒しているのだ。俺たちがいなくても、よほどのことがなければ外には出てこない」

「どうしてですか？」

「数年前、この区域に住んでいた人間が、あやかしを恐怖で支配しようとしたのだ。罪を犯していないあやかしも多数粛清された。人間に警戒心を抱いて引きこもろうと不思議ではない」

なるほど、それでここの空気自体も悪いのか。玉玲は納得し、北後宮を見渡した。

明るい時間だと空気の悪さが際立って見える。南後宮よりも更にひどい。その原因について詳しく調べ、改善策を練る必要がありそうだ。

「あやかしを恐怖で支配しようとした人間っていうのは？」

現在、北後宮は幻耀が治めている。前任者のことだろう。彼の父、皇帝だろうか。

「第二皇子。俺の兄だ」

「今は城の外で暮らしているんですか？」

何気なく発した質問に、幻耀は少し間を置き、氷のように冷ややかな目をして答えた。

「いや、死んだ。俺がこの手にかけてな」

「…………え？」

彼の発言をすぐには受けとめきれず、玉玲は放心した声をもらす。

どう言葉を返していいのかわからなくなり、戸惑いながら幻耀の顔を見つめていた時だった。

強い視線と風を感じて、ハッと路の先に目を向ける。

気づいた時にはもう遅かった。何かが玉玲の顔めがけて飛んできていたのだ。

衝撃を覚悟して、目をつぶろうとした刹那、今度は横合いから白刃の光が一閃した。

幻耀が腰に佩いていた刀を抜き放ち、向かってきた何かを両断する。電光石火の早業だ。

からくも難を逃れ、息をついたのも束の間、幻耀が腕を掴み、胸へと引き寄せてきた。まるで何かから身を守ろうとしてくれるかのように。玉玲を左腕に抱き、右手の刀を前方に掲げている。追撃を警戒していることは、混乱した玉玲の頭でも読み取れた。

周囲には張りつめた空気と静寂が充満し、玉玲の耳には鼓動の音だけがやけに大きく響く。

周りの様子を確かめようとしたところで、幻耀が玉玲の体を解放し、忌々しそうにこぼした。

「胡桃か。あやかしによるただのいたずらだったようだな」

彼の視線は、近くに落ちた茶色い物体に向けられている。

真っ二つに割れた胡桃を見て、玉玲は理解した。幻耀が斬ったのは、あの胡桃だったようだ。

「これは新入りのお前に対する牽制だろう。ほとんどのあやかしが人間を恐れて近づいてこないが、中には悪意を持って嫌がらせを仕かけてくる輩もいる。気をつけることだな」

幻耀は刀を鞘に収め、先へと進みながら忠告する。

「あやかし以外の何かを警戒していたように見えましたが？」

玉玲は幻耀の後を追い、少し引っかかっていたことを確認した。あやかしのいたずら程度で、あそこまで警戒したりはしないだろう。彼の行動からは生死に関わる緊迫感が垣間見えた。あまりに的確かつ冷静で、手慣れているようにも感じられたのだけど。

「刺客だ。ああやって何かが飛んでくると、弓矢を警戒して反射的に体が動いてしまう」

「……刺客？」

「隠しているのは公正ではないからな。俺はずっと命を狙われている。おそらくは身内だろう。暘帝国の太子の座は、連中にとってよほど価値があるらしい」

幻耀は淡々と答え、軽く肩をすくめてみせる。

「それで、私のことも守ろうとしてくれたんですね？」

「別に、ついでだ。妃に迎えたばかりだというのに、死なれては面倒だからな。今回はただのいたずらだったが、俺の近くにいれば命を失う危険もあるだろう。これを聞いて、契約妃を辞める気になったか？　今なら聞き入れてやらなくもないぞ？」

「いいえ、辞めません」

即答する玉玲に、幻耀は一瞬だけ目を丸くし、また冷ややかな視線を向けた。

「俺は、刃向から輩は実の兄であろうと手にかける、そんな冷酷な人間だぞ？」

「本当に冷酷な人はわざわざ事情を打ち明けて、選択権を与えてくれたりなんかしません。まして や、身を挺して守ろうとしてくれるはずがない。あなたはとても誠実で優しい人間です」

玉玲は幻耀の双眸をまっすぐ見つめながら断言する。

彼は反射的に人をかばってしまうような男性だ。おそらく兄を手にかけたのは、やむにやまれぬ事情があったからだろう。

今、確信した。幻耀は杜北村で会ったあの冷徹な青年ではない。そして、おそらくは――。

「幻耀！」

彼の身の上について推察していた時、遠くから響いた女性の声が、玉玲の思考を割る。

路の先に目を向けた幻耀は、少し驚いた表情で声をもらした。

「義母上？」

――ははうえ？

その言葉を不思議に思いながら、玉玲は幻耀と同じ方角へ視線を移す。

気品漂う四十代くらいの女性が宮女を四人伴い、こちらへと向かってきていた。女性らしく豊満な体に、青い霞帔と袖のゆったりした大袖衫をまとい、結いあげた髪を豪奢な鳳冠の中に収めている。いかにも貫禄があって、身分の高そうな貴婦人だ。

幻耀の母親は亡くなったと聞いていたのだけれど。彼の継母だろうか。

「なぜこちらに？」

眉をひそめて訊く幻耀に、女性は興奮した様子で近寄りながら答える。

「話を聞いて来たのです。お前が妃を迎えたと。本当なのですか、幻耀？」

幻耀は隣にいる玉玲に目を移して返した。

「本当です。玉玲と言います」

「それでは、その子が……!?」

女性に驚愕のまなざしを向けられ、玉玲は肩を縮こめる。まあ、驚かれるのも無理はない。

仮にも太子の妃が、こんな品性の欠片もないちんちくりんではな。

反対されるのではないかと身構える玉玲だったが。

「まあまあまあ、あなたが幻耀の心を射とめてくれたのね？　よくぞやってくれました！」

女性は晴れやかな笑顔で玉玲の両手を取り、歓迎の意を示した。

意外な反応に玉玲は目を丸くし、戸惑いをあらわにする。

「あ、あの」

自分みたいな人間を歓迎してくれるなんて、彼女はどういった立場の人間なのだろう。

隣に視線を向けると、幻耀が疑問を読み取ったかのように答えてくれた。

「こちらの女性は暘帝国の皇后陛下だ。俺の後ろ盾であり、養母でもある」

「こ、皇后陛下!?」

まさか最高位の女性であるとは思わず、玉玲は吃驚の声をあげる。

緊張して硬くなる玉玲に、皇后は笑顔のまま朗らかに告げた。

「あまりかしこまらないでちょうだい。祝福したくて来たのです。妾がいくら勧めようと聞く耳を持ってはくれなかったのに、ようやく幻耀が妃を迎えてくれたのですから。幻耀には子どもどころか妾妃一人いません。太子に世継ぎとなる男児がいないのは、国にとって由々しき問題。でも、あなたが来てくれたのですから、その問題もいずれ解決してもらえるわね」

期待に満ちた目で見つめられ、玉玲は束の間どう返答すべきか思案する。

幻耀の養母であれば、本当のことを話してもいいだろう。彼の子を産むつもりなんてないし。

「いえ、実は私、契約――」

「義母上、彼女は田舎育ちなのです。しっかり教養を身につけさせてからご挨拶にうかがうつもりでした。また改めて紹介しますので、今日のところは。立ち話も何ですし、彼女が戸惑っています。お付きの宮女もこのような場所に連れてこられて怖がっていますよ」

真実を伝えようとしたところで、幻耀がさえぎるように主張した。

言葉が重なっただけだろうか。偶然だと思うことにして、玉玲は宮女に目を向けてみる。

幻耀の言う通り、彼女たちの顔は恐怖で青ざめていた。北後宮にいるだけで怖いのだろう。

侍女たちの様子を見て、皇后はハッとしたように顔つきを改めた。

「そうですね。皇后になったというのに、立場もわきまえず突然押しかけてしまいました。吉報を耳にして、居ても立ってもいられず。また改めて対面する機会を設けましょう」

皇后が踵を返したことで、幻耀は少しホッとしたように息をつく。

しかし次の瞬間、皇后が「そうだわ」と言って、こちらに向き直った。

「この話も耳に入れたくて来たのです。南後宮でまた瘧が発生しました」

意外な情報だったのか、幻耀が瞠目して眉根を寄せる。

「瘧？　この時期に？」

「ええ。昨日の夜更けに宮女が一人発症したのです。あなたたちも気をつけてちょうだいね」

瘧というのが何のことなのかわからず、玉玲はただ目を白黒させた。

「では玉玲、また改めて。懐妊の吉報が届く日を心待ちにしていますよ」

皇后が玉玲に笑顔で告げて、再び背中を向ける。

「懐妊って。あの、私は契約――」

本当のことを打ち明けようとする玉玲だったが、今度は幻耀に口をふさがれてしまった。彼の手が唇を圧迫し、それ以上言葉を伝えることができない。

これは完全に意図があっての口封じだ。

皇后の姿が遠ざかったところで、幻耀はようやく玉玲の口から手を離した。

「どうして言わせてくれないんですか！　私は契約妃だって。後ろ盾をしてくれているご養母様になら、隠す必要はないでしょう？　皇后様はお味方なんですよね？」

　玉玲は幻耀をにらむように見すえて尋ねる。

「いちおうな。あの人も俺と同じで周りに敵が多いから、打算で後ろ盾をしてくれたのかもしれないが。敵派に対抗してくれる唯一の身内だと言っていい。母が亡くなって以来、いろいろと世話も焼いてくれる。感謝している部分もあるが、あの人は少々厄介なのだ」

「厄介？」

「顔を合わせるたびに縁談を勧めてくる。何かと圧力をかけられて、正直うんざりしていた」

　幻耀は眉間に少ししわを寄せ、面倒くさそうに答えた。

「もしかして、皇后様に何も言われたくなくて、私を本当の妃だと思いこませたかったんですか？　妃を迎えたことにすれば、これ以上圧力をかけられずに済むと思ったから」

「そういうことだ」

　意外に無精な一面を垣間見て、玉玲は脱力する。皇后も義理の息子と国の将来を心配して世話を焼いているのだろうに。世継ぎをもうける意欲がなさすぎて、一国民として心配になる。

　とはいえ、契約妃の自分が口を挟む問題ではない。子どもを産む役割まで押しつけられても困るし、気になっていた言葉について訊いてみることにする。

「さっき話していた瘧というのは？」

「ここのところ毎年流行している感染性の熱病だ。あやかしが原因のな」

　玉玲は思わぬ言葉に目を剝いた。

「あやかしが原因？」

「そうだ。あやかしはお前が思っているような存在じゃない。人に危害を加える災厄だということだ。瘧が発生したのであれば、俺も動かなければならないな。もう少しこの区域について説明してやるつもりだったのだが」

幻耀は機嫌悪そうに眉をゆがめ、周囲に視線を走らせる。

そして、軽く息を吸いこむや、あたりに響き渡るような声で名前を呼んだ。

「漣霞！」

近くにいたのか、あまり時間を置くこともなく漣霞がやってくる。

もみ手をしながらそそくさと幻耀に近づき、にっこり笑ってうかがいを立てた。

「何でしょうか？」

幻耀はじろりと漣霞をにらみつけて確認する。

「昨日言ったな。玉玲の面倒を見てやれと。もう忘れたのか？」

「いいえー。ちょうどお世話にうかがおうと思っていたところですわ」

笑顔で答える漣霞に、玉玲は半眼を向けた。昨日、金輪際近づくなと言っていたけどな。

「ならば、まずはこの区域を案内してやれ」

「かしこまりました」

「俺は瘧の状況を確認しにいく。場合によっては、しばらく北後宮に戻れないかもしれない。

その間、わからないことがあったら漣霞に訊け。文英がここにいる時は文英でもいい」

玉玲に抑揚のない声音で告げると、幻耀は威圧するように漣霞を凝視した。

「漣霞、言われた通りにやれよ。お前がしっかり面倒を見ていたか、後で玉玲に聞くからな」

「おまかせくださいませ。誠心誠意お仕えいたしますわ」

漣霞が本日一番の笑顔を見せる。

彼女の表情は、幻耀が離れていくまで実ににこやかだった。

しかし、彼の姿が見えなくなるやいなや、

「ちぃっ」

周囲に盛大な舌打ちの音が響き渡った。表情は鬼神のように変化する。百面相か。

「何をしているの？　さっさと行くわよ」

ビクビクしていると、漣霞が苦々しそうに告げて歩き出した。

「え？　もしかして案内してくれるの？」

玉玲は後を追いながら、半信半疑で尋ねる。

「あんなふうに言われたら仕方ないでしょうがっ。あの方、結構抜け目がないのよ。特権は与えてくれたけど、あたしのこと全然信用してないんだから」

漣霞の顔は苛立っているというより、少し悲しそうだった。

彼女の心情を察した玉玲は、なだめるように意見を述べる。

「全然ってことはないんじゃない？　漣霞さんだけに特権を与えているわけだし」

「他にあやかしが視える部下や味方がいないから仕方なくよ。あたしみたいなあやかしでも、見張りにすれば抑止力くらいにはなるらしいわ。彼は本当にお忙しい方だから、猫の手でも借りたい心境なんでしょうよ」

「忙しいって、あやかしを退治することが？」

「主な役割はね。北後宮だけじゃなくて城や京師、それ以外の場所で発生するあやかしがらみの問題まで処理してるらしいわ。それが皇族の役割だからって。他にもまあ、いろいろとね」

なだめたのがよかったのか、漣霞は意外にたくさんの情報を教えてくれた。

この調子でどんどん話を聞き出したい。

「さっき瘧が発生したって言っていたけど、本当にあやかしが原因の病なの？」

「あやかしといっても、あたしらとはだいぶ種類が違うけどね。瘧の原因は瘧鬼という鬼よ」

「鬼？」

「ええ。何度か見たことがあるけど、猫よりも小さい鬼だったわ。毎年夏から秋に発生して、後宮にいる弱った女性や子どもばかり襲うの。退治すれば病も収まるんだけど、どういうわけかまたやってきたらしいわね。瘧鬼には呪符がきかないうえに、すばやくて用心深いから退治するのが大変で、毎年犠牲者が出るって話よ」

瘧鬼のことを聞いて、思うところがあった玉玲は、直ちに南へ駆け出そうとする。

「ちょっと、どこへ行くのよ？」

「決まってるでしょ。南後宮だよ。瘧鬼をどうにかしなくちゃ」

「無理よ！　あの方の許しがなければ、あんたでも北後宮から出ることはできないわ。瘧鬼は幻耀様たちが何とかするでしょ。あんたの出る幕はないわ。ここでおとなしくしてなさい」

　漣霞の説得を受け、玉玲は足を止めた。

　南後宮から北後宮へは木を伝って忍びこむことができたが、逆はできない。塀の近くに木がなく、門を通れないのであれば、南へは行きようがないだろうか。

「この区域に梯子は置いてない？　南後宮では見かけたことがあるんだけど」

「ここにはないわよ、そんなの。あんたが脱走なんかしたら、あたしまで処罰されるんだからやめてよね！」

「うーん、そっかぁ。なら、せめて太子様に伝えたいことがあるんだけど」

「しばらく戻れないかもって言ってたでしょ。文英っていう宦官に伝えてもらえば？　たぶん彼ならそのうち宮殿にやってくるから。ほら、さっさとしないと案内しないわよ。あたしだって美容の研究とかで忙しいんだから」

　漣霞は考えこむ玉玲を急かし、宮殿前の大路を南へと歩き出す。

　玉玲は頭を切り替え、彼女の後を追った。北後宮から出なくても、できることはある。あやかしたちとの交流を深めることもまた、これからやろうとしている計画の一環になるはずだ。

ひいては南後宮の人々を救うことにもつながるかもしれない。

決意を固めていたところで、漣霞が歩きながら説明を始めた。

「北側の建造物には、狐精と猫怪が多く住んでるわ。緑が多い南側には、蛇妖やイタチ、虫や小動物なんかの諸精怪。西の園林地帯には、桃や梅の木とかの樹妖が多いわね。はい、おしまい。あとは勝手にやって」

「ええ～っ!? まさか、それで案内おしまい？ まだ少ししか歩いてないじゃん！」

どこかへ行こうとした漣霞に、玉玲は驚きと不満の声をあげる。

「何よ、文句ある？ ちゃんと案内したじゃない。あたしは忙しいって言ったでしょ。これでも、親切に説明してやった方だわ。後宮を見て回りたいなら勝手に行ってよね」

「そんなぁ」

確かに、昨日のことを思えばだいぶ親切だったが、やっつけ仕事もいいところである。

「どうかしましたか？」

途方に暮れていると、南の方角から気遣わしげな声が響いた。

文英が掃除道具を手に、ゆっくりこちらへ歩いてくる。

「余計なこと言ったら、ただじゃおかないわよ！」

漣霞が鬼の形相で脅しをかけてきた。文英の口から幻耀に、やっつけ仕事を報告されたらまずいと思っているのだろう。取り殺されかねない雰囲気だ。

漣霞とは仲よくやっていきたいし、もちろん告げ口するつもりはない。

「漣霞さんに北後宮を案内してもらってたんですけど」

玉玲は文英に差しさわりのない返答をする。しかし、案内や身の回りのことはどうしよう。文英に頼めば、漣霞がちゃんと仕事をしていないとチクることになるし。文英にだってたくさん仕事があるだろう。北後宮の清掃や雑事を処理しているのは彼一人なのだから。

昨日から何も食べていなくておなかも減ってきたし、ああ、困った。ぐぐぅ。

盛大な腹の音を聞いた文英は、ハッとした様子で玉玲に謝罪した。

「申し訳ありません。玉玲様にはあやかしのお世話係をつけたと殿下からうかがいましたが、あやかしに料理まではできませんよね。すっかり失念しておりました。こちらでは食事を用意する必要もありませんでしたので」

「……え？　じゃあ、太子様はお食事をどうされているんですか？」

「殿下は日に一度、巡回のため従者たちと城の外へ出るのですが、その際に適当な場所で食事を取られます。それが一番毒を盛られる可能性が低いからだそうで。実は以前、後宮で毒を盛られたことがありまして。もちろん毒味役はいたのですが。それ以来、後宮で用意したものには手をつけられることはなく」

文英の双眸に暗い影が差し、穏やかだった空気もかげりを見せていく。

「殿下は誰も信用されていないのです。そのため、他の太監や宮女はいっさい寄せつけず、幼少のみぎりよりお仕えしている私にさえ、心を開いてはくださいません」

寂しそうに話す文英を見て、玉玲の胸に鈍い痛みが走った。

だからだったのか。北後宮には幻耀一人しか皇族が住んでいないとはいえ、侍従が文英だけだなんて、少なすぎると思っていた。彼が周りに誰も寄せつけず、警戒心を剝き出しにしている理由。おそらくは、誰も信用していないというより、周りの者を危険に巻きこみたくなかったのではないだろうか。本当は優しい人だから。

玉玲が顔を曇らせていることに気づき、文英は再び頭を下げた。

「申し訳ありません。余計な話まで聞かせてしまいました。ただいまお食事をご用意いたしますね。南後宮の御膳房へ行って戻ってまいりますので、少々時間がかかりますが。こちらの区域に厨師を置くように手配もいたしましょう」

「いえ、私一人のためにそこまでしなくていいですよ。たぶんみんな怖がって、この区域には来たくないと思いますし。食材さえ用意してもらえれば自分で作ります。厨は北後宮にもあるんですよね？」

「ええ、ございますが。玉玲様はご自分でお料理を？」

「はい。私、旅の雑伎団にいたんですけど、料理はしばらく私が担当してたので、たいていのものは作れます。一人で何でもできるようにって師父や師兄に教えこまれたから、生きるために必要なことはだいたいできるんです」

料理に裁縫に狩猟、植物や薬草の採取まで。どんな場所でも生きていける自信がある。

「それはすばらしいですね。きっとお仲間も素敵な方々だったのでしょう」

文英の温かい言葉とまなざしを受け、玉玲の口もとに笑みが戻った。自分より家族をほめてもらえたことがうれしい。

「では、すぐに食材をご用意いたします。他にも必要なものがあれば、何でもおっしゃってください。私が用立てますので」

「ありがとうございます。じゃあ、動きやすい服を持ってきてもらえますか？　できれば下は褲で。あと、食材は多めに調達してもらえると助かります」

「かしこまりました」

文英はにこやかな顔で一礼すると、南後宮の方角へ引き返していった。

玉玲は清々しい気持ちで文英の後ろ姿を見送る。本当に何ていい人なのだろう。彼の協力があれば、北後宮の問題は解決できるかもしれない。

あとは瘧鬼の退治に関してだが、幻耀に伝えてもらいたいことがあったのだった。

文英が戻ってくる前に、印紙にでも書いて渡してもらおう。

「食事をしなければ生きられないなんて、人間って面倒な生き物ね」

やるべきことを整理していたところで、漣霞があざけるように言って鼻を鳴らした。

「あやかしは食事をしないの？」

「必要ないわね。人間の精気や血が好物なあやかしもいるけど、食べなくても存在はできるわ。食事なんて行為は無駄なだけよ」

「でも、おいしいものを食べると元気になれるよ。心も豊かになるんじゃないかな？」

「くだらない。下等な生き物のすることよ」

人を見下しきった漣霞の態度に、玉玲は違和感を覚えて尋ねる。

「漣霞さんはどうして人間が嫌いなの？　太子様のことは好きじゃないの？」

「好き？　人間にそんな感情を抱くはずがないでしょう！」

「じゃあ、どうして太子様に協力しているの？　彼の前ではすごい笑顔だったけど」

人間が嫌いだというわりに、幻耀にだけは満面の笑みを見せていたのが気になった。ただの打算とは思えない反応が。

「言ったでしょ。特権がもらえるからだって。下手な態度を取ったら、護符を取りあげられちゃうから、適当にゴマをすってるだけ。あの方のことだって全っ然好きじゃない！」

漣霞は顔を紅潮させ、躍起になって主張した。

玉玲は「ふーん、そう」とあっさり返す。

それが火に油を注いだのか、漣霞は苛立たしげに眉をつりあげた。

「もう一度はっきり言っておくわ。あたしはあんたのことが嫌いだし、面倒を見るつもりもない。この区域の監視は全部あたしがするから、部屋でじっとしていることね。それが嫌ならここから出ていってちょうだい！　そのための手伝いならしてあげてもいいわよ」

「ううん、必要ない。私、あやかしたちのために働くって決めたから。南後宮の人たちのためにも、私はここでできることをする」

「南後宮の人のため？　ここで何ができるっていうのよ！　あやかしたちのためにだって、できることはないわ！　誰もあんたには近寄らない。何をしたって無駄よ！」

漣霞はまくし立てるように言い放つ。

「私を警戒して近寄ってこないのなら、近づきたいと思うことをすればいいんだよね」

玉玲は動じることなく告げ、眉をひそめる漣霞に笑いかけたのだった。


お米に小麦粉、各種調味料、鶏肉、卵、ネギ、ニラ、筍、にんにくなどなど。

お願いしていた通り、文英はたくさんの食材を持ってきてくれた。

場所は北後宮の東にある御膳房。昔はたくさん人が住んでいたのか、設備の整った広くて立派な厨だ。玉玲は花色の衫と褌に着替え、手に入れた食材で料理を作っていく。

野菜類を刻み、小麦粉で生地を作り、皮で包んだ餡を蒸籠で蒸す。

油を引いて熱した鍋に、材料を投下して手早く炒め、焼きあげる。

小麦粉や調味料をまぜて揉んだ鶏肉は、低温に熱した油の中へ。

一度取り出し、今度は高温に熱した油で二度揚げする。

炸子鶏（からあげ）に韮菜猪肝（レバニラ）、蟹肉炒蛋（かにたま）、五目炒飯（チャーハン）、饅頭（まんじゅう）に小籠包（しょうろんぽう）。甜品（デザート）には月餅（げっぺい）と馬拉糕（マーラーカオ）を。

「できた！」

大量の料理を作りあげた玉玲は、おいしそうな品々を前に胸を張る。

五人前はあるのではないだろうか。十名の団員に毎日料理を作っていたから、要領よくこなすことができた。意外に料理上手だった兄弟子（あにでし）の指導のたまものだ。雲嵐（うんらん）は京師（みやこ）一の菜館（しょくどう）で厨師として働いていたりもする。

「すごい量ですね。これを一人で食べられるのですか？」

腹の音を響（ひび）かせていると、様子が気になったのか文英が厨へやってきた。

「さすがに全部は食べませんよ。料理を運ぶの手伝ってもらっていいですか？　あと敷物（しきもの）を用意してもらえると助かります」

ちょうどいいところに来てくれたと、玉玲は文英に依頼（いらい）する。

そして、快く引き受けてくれた文英と一緒（いっしょ）に外へ出た。

できあがった料理は小型の輜車（にぐるま）を使って運んでいく。北後宮のやや北寄りにある広場まで。

空は快晴。冬にしては暖かい、絶好の行楽日和（びより）だ。

玉玲は意気揚々（いきようよう）と広場の中央に敷物を広げ、料理を並べていく。

「まさか、こちらで食べられるのですか？」

配膳（はいぜん）を終えて座る玉玲に、文英が目を丸くして尋ねた。

「はい。今日は天気がいいですし。文英さんもいかがですか？」

「いえ、私は内侍省の方で定められたものを食べなければならない決まりですので。お気持ちだけありがたくいただいておきます」

玉玲は少し残念な思いで「そうですか」と返す。

「では、私は仕事がありますので」

文英はいくぶん名残惜しそうに告げて、北へと去っていった。

彼にも仕事や立場があるのだ。無理につき合わせるわけにもいかない。

玉玲は一人で食事を始める。まずは揚げたての炸子鶏から。外はサクッとした食感で、鶏肉までかむと、肉汁がジュワッと口中に広がる。うん、おいしい。

「ちょっと！　あんた、こんなところで何やってんのよ!?」

料理に舌鼓を打っていると、南の方角から漣霞がやってきた。

目角を立てる漣霞に、玉玲はもぐもぐと口を動かしながら答える。

「見ればわかるでしょう。食事だよ。漣霞さんもどう？」

「はぁっ!?　食べるわけないじゃないの、そんな臭いもの！」

漣霞は、にんにくをふんだんに使った韮菜猪肝をにらみながら拒絶した。

「臭いかな。いいにおいだと思うけど。にんにくは体にも美容にもいいんだよ」

美容という言葉を聞いた瞬間、漣霞の眉と耳がピクリと動く。華やかな格好からもわかるように、自らを磨くことに相当関心があるらしい。

「美容にいい……？」

「うん、血行をよくするから美肌効果があるって聞いたなぁ。においだけで食欲をそそるよね。ほら、みんな寄ってきたよ」

玉玲は周囲を見回し、笑みを浮かべた。誰もいなかったはずの路に、猫怪がちらほらと姿を見せ始める。食べ物のにおいに引き寄せられて来たのだろう。みな、遠巻きにこちらの様子をうかがっているだけだが、明らかな進歩だ。

「やっぱり、あやかしも料理には興味あるんだよ。昔、仲よくなったあやかしも、私があげたお菓子を喜んで食べていたから、こうすれば絶対に関心を引くと思ったんだよね」

笑顔で食事を続ける玉玲に、漣霞は「ふん」と鼻を鳴らして言った。

「物珍しいだけよ。誰もここまではやってこないわ」

玉玲はいったん食事を中断し、遠くにいる猫怪たちに向かって話しかける。

「みんな、おいでよ！　これすごくおいしいよ？　たくさん作ってあるから食べて」

蒸籠を手に呼びかけてみるも、あやかしたちは反応しない。

それどころか、建物の中に引っこんでしまう猫怪まで出る始末だ。

「ほらね。食べ物なんかで警戒心を解くものですか。何をしたって無駄よ」

漣霞は得意げに笑い、軽快な足取りで去っていった。

玉玲は根気強くあやかしたちに声をかけつつ、食事を続ける。

食べても大丈夫だと、どれもおいしいと、必死に訴えたのだが、誰も近づいてはこなかった。

彼らの人間に対する警戒心は相当根強いようだ。

しばらくすると、遠巻きにこちらを観察していたあやかしも全て消えてしまった。

さすがの玉玲も気落ちする。食べすぎておなかももういっぱいだ。

さて、余った料理はどうしよう。まだ二人前以上はある。

「みんな～、残った料理、ここに置いておくから、遠慮しないで食べてね～」

玉玲は誰もいない路に向かい、最後のあがきとばかりに呼びかけた。

外に出てきたということは、みんな食べたいとは思っているはず。自分がいなくなれば、警戒心を解いて食べにきてくれるかもしれない。

料理はそのまま敷物の上に広げ、玉玲は希望を捨てることなく引きあげていった。

しかし、約十刻（五時間）後――。

「うーん、少しも減ってない」

日没前に広場へ戻ってきた玉玲は、干からびかけた料理を眺めて嘆息する。

自分がいない隙に口をつけてくれるのではないかと期待して来たのだが、そう簡単にはいかないようだった。強い日差しにさらされていたため、水分が抜けて変色している。

味も見た目も申しぶんなかったのに。

「ふふん、だから言ったでしょ、無駄だって」

肩を落としていると、漣霞があざ笑いながら姿を現した。己の正しさを証明しにやってきたようだ。残った料理を見て、勝ち誇った顔をしている。

「仕方ない。捨てるのはもったいないからな」

玉玲は漣霞の反応を気にすることなく、ぱさぱさになった饅頭にかぶりついた。

もぐもぐ。うん、さすがにあまりおいしくない。

残り物を平らげていく玉玲に、漣霞は唖然とした顔で尋ねた。

「普通、長時間外に放置していたもの食べる？　それ、腐ってんじゃないの？　誰かがいたずらして、何かしたかもわからないのに」

「あやかしはそんなことしないでしょ。それに私、何食べてもおなかを壊したりしないから大丈夫。たまに腐ったもの食べてたけど平気だったし」

「……あんたって、ほんとに人間？」

もはや漣霞は殭屍でも見るような表情だ。驚きとあきれをあらわに、どか食いする玉玲を眺めている。

「ただ、やっぱり味は落ちちゃうからね。みんなには作りたての料理を食べてもらいたいし」

残り物を胃袋に収めた玉玲は、蒸籠などの容器を片づけ、新たに運んできた料理を敷物の上に並べた。昼間の献立に変化を加え、新しく作ってきたのだ。猫怪が好きそうな魚料理を中心に。長時間煮こんだ白身魚に甘酢あんかけをのせた醋溜魚。イカを塩で炒めた生炒墨花。甜品には、白きくらげを水飴で煮た冰糖銀耳を加えた。

「みんな～！　新しい料理置いていくから、遠慮しないで食べてね～！」

自分と漣霞以外に誰もいない広場で、元気よく声をあげる。あやかしの姿は見えないが、近くにいる気配だけはした。こうやって少しずつ警戒心をぬぐっていけばいい。

根気強く歩み寄っていこう。いつかきっと思いは通じるはずだ。

玉玲は漣霞にののしられながらも、前向きな気持ちでその場を後にする。

一匹の猫怪が、わりと近くまで寄ってきていたことには気づかずに。

✿

翌々日。朝早くに起床した玉玲は、御膳房で料理を作り、再び広場へと赴いた。

今度こそ手がつけられていることを祈りながら確認するも、やはり料理には何の変化もない。

あやかしたちに受け入れてもらえることを期待して、朝と夕方は欠かさず料理を置いていたのだけど。その残り物が、ここ二日の玉玲の食事となってしまった。

量も多めに作ったし、時間がたって劣化した食べ物なので、何度か続くとちょっときつい。

玉玲は憂鬱な気持ちで敷物の上に座り、残り物の饅頭に手を伸ばした。

「ん？　少し減ってるような気もするけど」

違和感を覚えて、蒸籠の中身を確認する。小籠包が一つ減っているような。何ぶんたくさん作ったものだから、数などしっかり把握していない。

気のせいだと思うことにして、饅頭にかぶりつこうとした時だった。

強烈な風が吹き、軽い蒸籠がひっくり返る。

中にあった饅頭が風に飛ばされ、ころころと転がっていった。

玉玲はあわてて敷物や軽い容器を押さえ、それ以上の被害を食いとめる。

そして、風がやむのを待ち、転がっていった饅頭を追った。砂を払えば食べられるかもしれないし、そのまま放置するわけにもいかない。

饅頭はさほど転がっておらず、近くの路に落ちていた。多少砂がついていたが、払えば何とか食べられそうだ。

やれやれと、饅頭に手を伸ばす。すると、またもや風が吹いた。黒い突風が。

いや、小動物だ。黒いもふもふが颯爽と饅頭を奪い取り、玉玲と距離を取って振り返る。

いつかと同じような展開に、玉玲は目をぱちくりさせた。

「こいつはおいらが先に拾ったんだ。おいらのもんだぞ。文句あるか？」

細長い絹布を首に巻きつけた小動物が、鋭い目つきで言い放つ。

巻いているのは李才人の披帛だ。すると、あの黒いもふもふは——。

「猫ちゃん！」

名前がわからなかった玉玲はそう呼んで、喜びをあらわにする。

「猫ちゃん、じゃねえ！　おいらは猫怪の莉莉だ！　あやかしだぞ？　とっても怖いんだぞ？　なめんな！」

莉莉は玉玲をシャーと威嚇し、饅頭に食らいついた。

反抗的な態度を取りつつ、ちゃっかり饅頭を食べているのが微笑ましい。

「莉莉、おいしい？」

玉玲は莉莉のそばにしゃがみこみ、食事の様子を観察しながら尋ねる。

「けっ、全然たいしたことねえよ」

莉莉は素っ気なく答えた。そう言いつつ、饅頭にむしゃぶりついているところがかわいい。

「その披帛、似合ってるね。でも、動きにくいんじゃないかな？」

莉莉には長すぎるのだろう。首にぐるぐる巻きになっていて、いかにも邪魔そうだ。

玉玲は「ちょっといい？」と断りを入れ、手早く披帛をはぎ取った。

そして、思いきって布を裂き、また莉莉の首にかけ直す。一周だけ巻いて蝶々結びに。

「なっ」

莉莉は玉玲の行動に吃驚し、三白眼ぎみだった目を丸くする。

「ほら、これなら軽くて動きやすいでしょう。かわいいし、すごく似合ってるよ」

笑顔でほめるや、莉莉の頰がポッと赤くなった。もちろん、猫怪には毛があるため皮膚の色は見えない。照れた気がしただけだ。あやかしは人語を解してしゃべるので、普通の猫よりもずっと反応が人間らしい。

莉莉は他の料理と玉玲を交互に見比べ、そわそわしながら訊いた。

「他のも食っていいか?」

「もちろん! たくさんあるから食べて食べて。作りたての料理もあるよ」

莉莉の口角があがり、金色の瞳はきらきらと輝く。

「おいらは猫舌なんだ。古いものから食ってやる。残飯を片づけてやるんだから感謝しろよ」

夢中で料理にがっつく莉莉を、玉玲は微笑みながら見守った。

言葉は若干ひねくれているけれど、表情や行動は非常に素直なようだ。

おいしそうに食べる姿を見ているだけで、こっちまでおなかがすいてくる。

一緒になって食事を続けていると、広場の周りに猫怪たちが寄ってきた。莉莉があまりにもおいしそうに食べているものだから、うらやましくなって来たのかもしれない。

「みんなもおいでよ。さあ、どうぞ。遠慮しないで」

玉玲は今が好機とばかりに声をかけた。あやかしたちの警戒心はだいぶゆるんでいる。

とは思うのだが、彼らはなかなか近づいてこない。もう一押し何かあれば——。

「うわ、これすごくうめえぞ！　全部おいらのもんだ！　お前らには渡さねえ！」

突然、莉莉が猫怪たちを焚きつけるように言って、食べる速度をあげた。すると、

「ずるいぞ、莉莉！　またお前だけ！」

「僕たちにも食わせろニャ！」

あおられた猫怪たちが、どんどん料理の方に群がってくる。しっぽが二股にわかれた、いろんな毛色のもふもふたちが、白、三毛、斑、茶トラ、キジ白、サバトラ。ざっと数えて八匹。

もふたちが、一斉に料理へと飛びかかった。

昨日の残り物は瞬く間になくなり、あわてて置いた今日の料理もすぐに完食してしまった。

猫怪の食欲がここまでのものだったとは。警戒心さえぬぐってしまえば破竹の勢いだ。

思わぬ展開に目を見開いていた玉玲は、我に返って問いかける。

「どうだった、みんな？　好きなものがあったら言って？　また作ってくるよ」

これぞ仲よくなる絶好の機会だ。料理を通じて、あやかしたちとの親睦を深めたい。

返事を待つも、猫怪たちは玉玲を遠巻きに眺めるばかりで、何も言葉を発しない。

料理は大丈夫でも、人間への警戒心はゆるめていないようだ。なかなか手ごわい。

接し方を模索していたところで、莉莉が少し偉そうに言った。

「おいら、『あんにんどうふ』っていうぷるぷるが食ってみてえ。とってもうまいんだってな。作ってこいよ、おいらのためだけに。こいつらのぶんはいらねえ」

すると、他の猫怪たちは毛を逆立て、

「また抜け駆けか、莉莉！　ずるいぞ！　我が輩にも作ってこい、人間！」

「そうだぞ。また持ってくるなら食べてやる！　俺様は『まぁぼぉどうふ』だ！」

「なら、僕は『ゆうりんちぃ』っていう鶏の料理ニャ！」

莉莉に負けない不遜な態度で、次々と要望を出してくる。

一斉に告げられて、玉玲は覚えきれない。怒濤の注文に、ただ目をしばたたくばかりだ。

「せいぜい俺様のために働くがいい。食事係としてなら認めてやらなくもないぞ」

「明日も僕らにうまいものを食わせるニャ！」

希望を伝えると、もふもふたちはどこか満足そうに二股のしっぽを振って去っていった。

敷物の上には、啞然とする玉玲と空の器だけが残る。昨日の残り物を合わせると八人前はあったのに。玉玲が食べようとしていた残りの朝食まで。

自分のおなかは満足できなかったけれども、結果は大成功。大満足の展開だった。

「ありがとね、莉莉。仲間たちを集めてくれて」

広場から離れようとしていた莉莉に、玉玲は笑顔で礼を言う。

「何の話だ？」

莉莉はピクリと耳を動かし、知らんぷりをした。

「みんなが寄ってくるようにあおってくれたんでしょ？　おかげで少しだけ仲よくなれたよ」

莉莉が猫怪たちをあおった理由は明白だ。ああすれば彼らが対抗心を燃やして、食いついてくることがわかっていたから。警戒心をそぎつつ、みなが遠慮なく料理を食べられるように配慮してくれたのかもしれない。猫怪たちの勝ち気な性格をうまく利用して。

「知らねえよ。ったくあいつら、おいらの食い物を横取りしやがって」

莉莉は再びしらを切り、苛立たしげに舌打ちする。

そして、ちらちらと玉玲を見やり、切り出しにくそうに時間を置いて問いかけた。

「お前、あの後、大丈夫だったのか？　何でまたここにいるんだよ？」

別れてからのことを心配してくれていたらしい。やはり、莉莉は優しいあやかしだ。

うれしくなった玉玲は、微笑みながら答える。

「主人には叩かれずに済んだんだけど、どういうわけか太子様の妃になっちゃって。しばらくここで暮らすことになったからよろしくね！」

「……は？　お前が太子の妃!?」

「妃といっても表向きだよ。本当の妻になるわけじゃないから。私はただ、あやかしたちと仲よくなりたいの。ここの空気をよくしたい。だから、私と友達になってもらえないかな？」

目的を話して願い出ると、莉莉は目を大きく見開いたままつぶやいた。

「……友達？」

「うん。だめかな？」

「あやかしと人間だぞ。無理だろ」

「無理じゃないよ！　別の場所でもあやかしたちと友達になれたもの。私、もう莉莉のことが好きになっちゃったし」

「……おいらのことが、好き？」

目をぱちくりさせる莉莉に、玉玲は「うん！」と返事をして頷いた。莉莉がいなければ、こんなに早くあやかしたちと距離を縮めることはできなかっただろう。ひねくれてはいるけれど優しいし、言葉とは裏腹な態度がかわいいし、見た目も愛らしくて好感が持てる。

「それっていいのかよ。妃って、太子のつがいってことだよな。つがいがいるのに、おいらのことが好き……？」

小声で独りごちるや、莉莉は急にそわそわと動き始めた。毛づくろいをしたり、蝶々結びの披帛をいじったり、ちらちらと玉玲の様子をうかがったり。

「莉莉？」

不思議に思って呼びかけると、莉莉はハッとしたように背筋を伸ばして意見した。

「おいらはともかくっ、あやかしたちはみんな人間を恐れてる。食欲のある猫怪なら食べ物にはつられるけどな。他はまず寄ってもこねえぞ」

「猫怪は食べ物をあげれば、近づいてきてくれるんだよね。喜んでもらえたし」

「だから、それは猫怪だけだって。他の種族の連中はおいらたちとは嗜好が違うから。もっと派手なことでもやらなけりゃ、目もくれねえだろうな」

莉莉の言葉を胸にとめ、玉玲は腕を組んで考えこんだ。

料理だけでは、猫怪以外のあやかしとは仲よくなれない。

まずは外に出てもらわなければ。別の方法で関心を引く必要がある。

「……派手なこと」

「たとえば狐精のやつらは、にぎやかなことが好きそうだな」

莉莉の助言を聞いて、玉玲の頭にひらめきが走った。派手でにぎやかなことといえば。

——うん、これしかない。

「ありがとう、莉莉。さっそく準備を始めるね！」

やるべきことを見つけた玉玲は、莉莉にお礼を言って走り出す。

「って、おい！」

莉莉があわてて呼びとめたが、決意に満ちた玉玲の耳には届いていなかった。

玉玲は北の乾天宮へ向かってひた走る。玉玲と幻耀が夜を過ごしている宮殿。文英が重点的に清掃をしている場所だ。文英と会う確率が一番高い。

これからやろうとしていることには、彼の協力がいる。

「文英さ〜ん！」

予想通り、文英は乾天宮の入り口にいた。玉玲は走りながら元気よく声をかける。

箒で階を掃いていた文英は、いったん掃除をやめ、玉玲の方に目を向けた。

「これは玉玲様。何かご用でしょうか？」

彼の前にたどりついた玉玲は、息を整えて願い出る。

「準備してほしいものがあるんです」

必要な物をあげていくと、文英は不思議そうに目をしばたたいて尋ねた。

「ご用立てはできますが、そのようなものを何に使われるのですか？」

「ふふ、ちょっとね」

玉玲は片目をつむってはぐらかす。機会があったら、彼にもあれを見せて驚かせたい。できれば幻耀にも。今は仕事でそれどころではないと思うけど。

「太子様はまだ戻らないんですか？」

「はい。瘧鬼がなかなか見つからないようでして」

幻耀は一昨日の朝別れて以来、一度も姿を見せていなかった。彼は彼で瘧鬼に手こずっているようだ。瘧鬼の退治に関する助言を印紙に書き、幻耀に渡してほしいと頼んでいたのだけど。

「手紙の方は渡してもらえたんですよね？」

「ええ、今朝ようやくお会いできまして。すぐに読んで、首をかしげていらっしゃいました」

文英の回答に、玉玲はひとまず安心する。読んでくれたのであれば大丈夫だろう。幻耀は人の話をちゃんと聞いてくれる男性だ。

「なら、私はここでできることをしないとね。それじゃあ文英さん、準備の方はよろしくお願いします。私はお昼ごはんの支度と練習がありますので」

「……練習？」

文英の疑問に玉玲が答えることはなかった。

すでに走り出していた玉玲は、そのまま御膳房の方角へと向かっていく。

「元気なお方だ」

一人残された文英は肩をすくめ、朗らかな表情でこぼしたのだった。

昼下がりの日差しが降り注ぐ広場に、色とりどりの猫怪たちが集っている。総勢二十匹。昨日の朝、食事をした猫怪たちが噂を広めてくれたのか、一日で倍以上に膨れあがっていた。

昨日から徐々に数が増えていたので、今日の昼は十人前料理を用意したが、追いつかない。

すぐに容器は空になってしまった。

彼らの食欲は想像以上に強い。腹が満たされず、一部の猫怪は不満そうな顔をしている。

「みんな、来てくれてありがとう。今日の料理はどうだったかな？」

玉玲はうれしく思いながら猫怪たちを見回し、感想を求めた。

彼らに、より満足してもらうための努力は惜しまない。意見交換や交流は重要だ。

「味が濃くてよ。あたくしは上級嗜好なの。もっと上品な味つけにしてちょうだい」

「私はちょうどよかったが、何ぶん量が少ない。もっと量も種類も増やしてくれたまえ」

もふもふ度の強い高貴な毛並の猫怪が、偉そうな口調で注文した。

「今度は猫まんまと呼ばれる料理が食べてみたい。我が輩は猫ではないがな」

「僕は『ばんばんじー』がいいニャ。次こそはたくさん食わせるニャ！」

昨日の朝から常連になった三毛と茶トラも要望を出してくる。

味つけに文句を言う子。独特な注文を出す子。ひたすら鶏料理を求める子。

猫怪たちは結構好みがうるさい。数が増えれば増えるほど、注文も多くなる。

でも、仲よくなるためにがんばらなくては。こうして意見を言ってくるのは、警戒心を解いてくれているということ。計画が順調にいっている証だ。周囲の空気も少しずつよくなっている気がする。この調子であやかしたちとの交流をどんどん深めていこう。

気合いを入れた玉玲は、今日やろうと決めていた計画を実行に移すべく呼びかける。

「ねえ、みんな。今日はこの後、見てもらいたいものがあるんだけど。できれば、猫怪以外のあやかしにも伝えて、ここに来てもらえないかな？」

必要な物は午前中に全部届けてもらった。あとはあやかしたちを集めるだけだ。

「料理が出るなら、来てやらなくはないぜ」

莉莉が一番初めに応えてくれた。

「そうだな。食いながらなら見てやろう」

他の猫怪たちも料理という条件つきで承諾する。まだ食べたりていないらしい。文英に追加で食材を調達してもらわなくては。

玉玲はため息をつきつつ、笑みを浮かべて応じる。

「わかったよ。じゃあ、私はもう一度何かこしらえてくるから、みんなはこの話を広めて。どうぞよろしくね」

あやかしたちの喜ぶ顔が見られるのなら料理を作るくらい、たいした苦労じゃない。やりがいを覚えながら臨めば、どんな仕事も楽しかった。

✿

北後宮の中心部に華やかな二胡の調べが朗々と響き渡る。これから楽しげな何かが起こるのだと知らせるように。

玉玲が猫怪たちと別れてから六刻（三時間）後。北後宮の広場は、昼間よりも多い猫怪の姿でにぎわっていた。彼らの前には、点心を中心とした軽めの料理がたくさん並んでいる。饅頭、小籠包、春巻、月餅など。玉玲が臨時で用意した小吃だ。

広場の中央を囲むように陣取り、猫怪たちは開始の時を待っていた。

玉玲は二胡を弾きながら、広場の様子を確かめる。そう、これは客寄せのための演奏だ。集まっているのは猫怪だけかに思えたが、遠巻きにこちらを観察している狐精の姿も見える。猫怪の話を聞いて来てくれたのか、二胡の演奏が功を奏したのか。

猫怪以外のあやかしが近づいてきていたことに、玉玲は頬をゆるめる。正念場はここからだ。うまくいけば、狐精や他のあやかしももっと寄ってきてくれるかもしれない。

「みんな、集まってくれてありがとう！　今日は食べながらでいいから、見て楽しんでもらえるとうれしいな」

演奏をやめた玉玲はあやかしたちに挨拶し、さっそく準備を始めた。

広場の中央へと輸車を運んでいき、荷台の上の木箱から細長い棒と皿を取り出す。

初めの演目は転碟。またの名を皿回し。玉玲によるひとり雑伎の開演だ。

細い竹の棒と皿を数組、片手でも取りやすいように荷台の上へと並べていく。

まずは一枚。棒を皿の底じきにかけ、縁をなぞるようにすばやく回す。

これだけでは簡単すぎるので、回転が安定したところで皿を空中に浮かせ、棒にのせたり高く飛ばしたりをくり返した。

さすがにこの程度では、あやかしたちは満足しない。

玉玲は右手に持っていた棒を左手に移動させ、もう一枚皿を回した。

同じ要領で皿の数をどんどん増やしていく。計七枚。片手で回せる皿の限度だ。

これだけでも十分難しいのだが、玉玲は更なる離れ業をやってのけた。右手でまた皿を回し、口に棒を移動させたのだ。仰向けになった状態でもう一枚、今度はその棒を額に。更にまた一枚、右手で皿を回した。計十枚。これには、あやかしたちがどよめいた。

玉玲の妙技はとどまるところを知らない。口と額にのせていた棒と左手の棒を二本、右手に移動させ、両手で均等に皿を回す。片手に五本ずつ棒を持っている格好だ。

計十枚の皿が高速で回転する。そこからが本番だった。

皿を回しながら広場を駆け巡り、時に跳躍。地面で開脚し、前転したり、後転したりする。もちろん皿を十枚回したままだ。

更に、背中に棒を回して逆の手に移動させる、背剣。

皿を操りながら片肘だけで逆立ちをする、単臂倒立。

五本の棒を口にくわえる、叨花。絶技の連続だった。

あやかしたちは、もはや言葉もなく玉玲の演技に見入っている。

玉玲が軽快な動きで地面に皿を置き、演技を終えると、広場に歓声が巻き起こった。

「すげえ！」

「何であんな動きをしながら皿が回せるの⁉」

猫怪だけではなく、狐精も近くに寄ってきて、驚きの声をもらしている。

初めの演目は大成功だ。この調子でどんどんいこう。気合いを入れた玉玲は次なる演目に移るべく、木箱から短剣を取り出し、荷台の上に並べる。二種目めは跳剣。

まずは左右に一本ずつ短剣を持ち、空中に投げて持ち替える。一回、二回と、すばやくその動作をくり返した。真剣なので取り落としたら危険だが、それだけでは芸がない。

一部の猫怪は退屈そうにあくびをし、料理に関心を移してしまっている。

肩慣らしはここまでだ。玉玲は投げる短剣の数をどんどん増やしていく。

一本、二本、三本。最終的には計七本。左右の手で剣を投げ受け、うち五本が常に空中にあるという離れ業だ。技の名前は弄宝剣。

あやかしたちが釘づけになって剣の動きを追う。

玉玲に剣が刺さるのではないかと、ひやひやしている猫怪もいた。

玉玲はあやかしたちを観察しながら、剣の回転速度をあげていく。

目をつむってみたり、広場を駆け回ったり、地面で開脚しながらでも余裕の表情だ。

見せ場は最後。左右の手で投げ回していた剣を次々と高く放り投げる。

剣は矢が降るように落下した。仰向けに寝ころんだ玉玲の体めがけて。

肩の上に二本、脇の下に二本、膝の隣に二本。

剣が体すれすれで刺さらず落下したことに、あやかしたちは安堵の吐息をもらす。

しかし、最後にひときわ高く投げた剣だけは、玉玲の顔に切っ先を向けて襲いかかった。

多くのあやかしが、最悪の事態を想像して目をつぶる。

固唾を呑んで見守っていた狐精も、恐る恐る瞼を開けていく猫怪も、次の瞬間、一斉に目を剝いた。最後の剣は玉玲の口に刺さっていた。いや、受けとめていたのだ。歯で。

少しでも口を動かす時機がずれていれば、大変なことになるところだったのに、玉玲は笑顔で剣身をくわえて立ちあがる。

剣を手にしてお辞儀すると、あやかしたちの間からどよめきが巻き起こった。

「あれは狙ってやったのか！　ひやひやしたぜ」

「息をつく間もなかったな」

「ドキドキしたけど、すごくおもしろかったコン！」

建物の陰に隠れていた狐精も、広場に寄ってきて興奮をあらわにする。

初めは食べ物に夢中だった猫怪も、もはや食事を忘れた様子で見入っていた。

「何だか、いいにおいがするナリ」

猫怪たちの前に蒸籠があることに気づき、三尾の狐精が鼻をひくひくさせる。

他の狐精も興味津々といった様子で蒸籠の中をのぞいた。

「食うか？　これ、かなりいけるぜ」

うらやましそうに饅頭を眺めていた狐精に、莉莉がニヤリと笑って勧める。

「そうナリか？　なら、ちょっとだけいただくナリ！」

三尾の狐精が瞳を輝かせながら言って、饅頭にかぶりついた。

それを見た他の狐精も、次々と蒸籠に群がっていく。

玉玲が作った料理は猫怪だけではなく、狐精にも受け入れられ始めていた。

演目の間の空き時間に、和気藹々とした空気が広がっていく。

これに気をよくした玉玲は、もふもふたちを更に楽しませるべく、演技を続けていった。

球形の花瓶を足や頭ではねあげて操る、耍花瓶。

小さな玉を碗の中から消したり見せたりする、幻術の泥丸。

腕ほどの長さの刀を呑みこんでみせる、呑刀。

銅叉という環状の金属を空中に投げたり体で回しながら舞う、飛叉。

最終演目は、玉玲が最も得意とする爬竿だ。

「みんな、あっちの竹やぶまで移動してもらってもいいかな？」

玉玲は盛りあがるあやかしたちに、西の方角の園林を指さしながら呼びかけた。爬竿は広場では披露できないし、演じるための道具もない。

何をやるのだろうと目をしばたたくあやかしたちだったが、すぐ呼びかけに応じて移動を始めた。次はどんな演目がくり広げられるのか、楽しみで仕方がないといった様子だ。

玉玲は彼らを引き連れて移動し、太くて立派な竹の前で止まる。爬竿の演目の時に使おうと、昨日の午後から下調べをしていた地点だ。

「それじゃあ、始めるね。最終演目は爬竿！」

高らかに告げるや、玉玲は短剣を口にくわえて竹をのぼり始めた。途中にある枝を短剣で切り落としながら、上へ上へ。竹の高さは三階建ての建物くらいはある。

てっぺんの近くまでたどりつくと、玉玲は先端の枝をばっさり切り落とした。切り口は足の親指ほどの太さしかない。

玉玲の次なる行動に、あやかしたちはぎょっとした。玉玲が立ちあがったのだ。わずかな太さしかない竹の先に。片足だけをのせ、ゆらゆらとたゆたっている。

更に、玉玲は竹を片手で摑んで倒立までしてみせた。その状態で開脚。片足立ちに戻るや、跳躍と同時に開脚。片足で竹の先に降り立つ。

少しでも着地点がずれれば転落する離れ業に、あやかしたちは息を呑むばかりだ。

そして次の瞬間、あやかしたちの緊張は最高潮に達することになる。

玉玲は急に頭を下に向けると、竹を足に挟みながら真っ逆さまに滑り落ちた。ほとんど転落すると言っていい速度で。

地面に激突すると思ったのか、一部のあやかしが「きゃ～っ！」と悲鳴をあげる。

落下が止まったのは、本当に地面すれすれだった。

直前で足に力を入れた玉玲は、逆さまの状態で竹にぶら下がる。

爬竿一番の見せ技、堕高竿。足の筋力と度胸がなければできない芸当だ。もちろん、練習だって積んできた。普通は団員が支えるもっと太い竿や金属の棒を用いるのだけど。

安堵のため息をついているあやかしたちに微笑みかけ、玉玲は最後の仕上げにかかった。

即座に体の向きを変え、駆けるような速さで竹をよじのぼっていく。

そして、てっぺん付近に到達したところで、後ろに体をのけぞらせて飛びおりた。

後方三回宙返り一回ひねり。

みごとに着地し、両手を空に向かって広げると、周囲に水を打ったような静寂が落ちた。

静まり返っていたのも束の間、竹やぶ一帯はあやかしたちの大歓声で覆われる。

「すげえ、すげえ！　おら、こんなにわくわくしたの初めてだぞ！」

「楽しかったニャ！　人間ってあんなこともできるのニャ！」

「あれは人間じゃないわ。猿のあやかしよ。無支祁の童女だったんだわ！」

あやかしたちはみな、興奮状態だ。口々に驚嘆の声をあげている。

隠れていたあやかしも、近くまで寄ってきたようだった。

猫怪や狐精以外に、イタチや蛇のあやかしの姿も見える。

派手なことをすればいいという莉莉の助言を聞いて、ひとり雑伎を開演してみたが、ここまで注目を集められるとは。楽しんでもらえたようだし、今回の興行は大成功だ。

ただ、玉玲の計画はまだ終わっていない。

「みんな、最後まで見てくれてありがとう！　どうだったかな？」

目的を果たすべく、玉玲はあやかしたちに問いかけた。

あやかしたちは急に黙りこみ、近くの仲間と顔を見合わせる。

「また見たいと思う人、じゃなくて、あやかし」

自ら挙手して希望者を募ると、真っ先に莉莉が桃色の肉球を見せた。

負けじと他の猫怪たちがそれにならい、狐精たちはそろそろと片手をあげていく。

「じゃあ、これから何度かこういう機会を設けるね。みんなの前で芸を披露して、それを何か食べながら見てもらうって催しを。私なんかじゃなくて、他の誰かがやってもいいし。これから積極的に外へ出て、交流していこうよ」

玉玲はあやかしたちの反応をうれしく思いながら、笑顔で提案した。

とたんに、あやかしたちの表情が曇り出す。

「でもなぁ、たまに太子が歩き回っているから怖いし」

「斬られちゃうよ。天律に則り処罰する、とか言って」

狐精のあやかしが幻耀の顔まねをして、ぶるっと体を震わせた。

「そんな闇雲に斬ったりしないよ。処罰するのは悪いことをしているあやかしだけ。あの人、冷たそうに見えるけど、話はわかる人だよ。盗んだり誰かを傷つけたりしなければ大丈夫」

必死に説得する玉玲だったが、あやかしたちの表情は変わらない。

「でもなぁ。やっぱり怖いよ」

狐精たちは特に警戒心をぬぐえずにいるようだ。

玉玲は根気強く彼らに言い聞かせる。

「何かあった時は、私が間に立つよ。絶対にみんなのことは守るから。とりあえず、こうやって外に出てみよう。困ったことがあったら相談に乗る。この区域でしてほしいことでも何でもいい。私のところに来て話してみて。私はたいてい厨か あの宮殿にいるから」

北の乾天宮を指さし微笑んでみるが、反応はない。

若干後ろめたそうに玉玲を見つめるばかりで、誰も返事はしてくれなかった。

今回の催しで、だいぶ距離を縮められたと思っていたのに。一時的なことだったか。

肩を落としかけたその時、誰かが遠慮がちに声をあげた。

「恋の相談とかでもいいのか？　おいら、最近ちょっと気になってるやつがいてさ」

ちらちらとこちらを見やりながら、莉莉が気恥ずかしそうに訊いてくる。

「もちろん！　どんな相談にだって乗るよ」

玉玲は莉莉に感謝の念を抱きながら大きく頷いた。

彼はいつでも玉玲の意を汲み、真っ先に応じてくれる。

莉莉が先陣を切ってくれれば、あとは楽だった。

「俺様、『ぶらんこ』ってのに乗ってみたい。作れるか？」

なぜか莉莉に対抗心を燃やしている斑の猫怪が注文する。

「いいよ。私、空中で鞦韆を操る秋千飛人って技もできるんだ。今度見せるね」

「では、我が輩は猫じゃらしという道具を所望したい。楽しい気分になれるらしいな」

「あたくし、もっと料理が食べてみたいわ。人間が食べている本格的な宮廷料理を」

「私は人間のひらひらした服が着てみたい。身分の高い女性が着てるやつ」

次々にあやかしたちが要望を出してきた。

「まかせて！　手芸や裁縫も一通りできるから、私にできることなら何だって叶えるよ」

玉玲は快く応じ、あやかしたちに視線を巡らせる。

「とりあえず、夕方にもまた料理を持ってここに来るから、みんな食べにきてね！」

あやかしたちの口もとにようやく笑みが浮かび、なごやかな空気が流れた時だった。

「ちょっと、あんたたち、何をやっているの！」

東の方角から響いた声に、あやかしたちはぎょっとして顔色を変える。

華やかな襦裙をまとった女性が、狐精たちの後方に恐ろしい形相で立っていた。

「げっ、漣霞だ」

狐精たちが振り返るなり、苦虫をかみつぶしたように顔をしかめる。

「嫌だわ。太子に媚びへつらう裏切り者よ」

「行くナリ。太子に妙なことでも吹きこまれたら、たまらないナリ」

そそくさと去る狐精たちにならい、猫怪たちも散り散りになって逃げ出した。

竹やぶの前には、まなじりをつりあげる漣霞と玉玲だけが取り残される。

「あんた、今度は何をやってるの⁉　どうしてあやかしがあんな……」

玉玲をにらみつけるや、漣霞は戸惑いをあらわにあやかしたちの後ろ姿を見やった。

「みんなと仲よくなりたくて、ひとり雑伎を開演してたんだ。軽食つきで。漣霞さんも誘おうと思ったんだけど、どこにも見あたらなかったから」

「ちょっと、余計なことばかりしないでよね！　北後宮はこれまであたしのおかげで静かに問題なくやってこられたの。あやかしたちをつけあがらせないで！　秩序を乱すようなことはしないでちょうだい！」

漣霞に激しく叱られる玉玲だったが、動じることなく言い返す。

「でも、みんな楽しそうだったよ。問題がないのはいいことだけど、ずっと閉じこもっているのはつまらないよね。どこかで息抜きをしないと。みんなの鬱憤がたまっちゃって、後宮の空気だって悪くなるよ」

「空気なんてどうでもいいのよ！　問題さえ起こらなければ。あんたがやってること全部、幻耀様に言いつけるわよ！」

「別に構わないけど？　叱られるようなことは何もしてないし。私なりのやり方でこの区域をよくしていってるつもりだし。漣霞さんはいったい何がしたいの？　どうして太子様に従って、あやかしたちを監視したりしているの？」

「だからあたしは——」

「特権のためだけじゃないよね？　だって、特権を得て人の姿で生活してたって、漣霞さん全然楽しそうじゃないもの。何か別の理由があるんじゃない？」

反論しようとした漣霞に、すかさず指摘する。ずっと気になっていた。言葉とは裏腹な彼女の態度が。本当に望んでいることが何なのか、はっきりとはわからないけれど。

「別に理由なんてない！　あたしは他のあやかしたちみたいに獣として生きるのが嫌なだけ。楽しくなくたっていい。他のみんなに嫌われたっていいわよ。それでも、私は……」

つりあがっていた漣霞の眉が、少しだけ悲しそうにゆがむ。それも束の間のこと。

「とにかく、あんたはもう何もしないで！　この区域のことはあたしが監視する。二度とあやかしたちの感情をかき乱すようなまねはしないでよね！」

鋭く顔つきを変えると、漣霞は玉玲に再度忠告し、肩を怒らせながら去っていった。

御膳房の窓から黄昏の空に向かい、湯気が立ちのぼっていく。

漣霞から注意を受けたが、玉玲はまた料理を作って広場を訪れた。あやかしたちに約束してしまったので、やめるわけにもいかない。

昼間以上に盛況で、あやかしたちは喜んで料理を食べてくれた。あれが欲しい、こういうことをしてもらいたい、そんな要望を口にしながら。

狐精の姿もあった。数は猫怪が約四十、狐精が二十ほど。たった数日ですごい進歩だ。

喜んであやかしたちの相談に乗る玉玲だったが、完全には胸が晴れない。漣霞のことがあったから。彼女とはうまくやっていきたいのに、空回りしてばかりだ。

くすぶった気持ちを抱えたまま、玉玲はあやかしたちと別れ、乾天宮へ戻っていく。

木陰から漣霞が悔しそうに自分を見ていたことには気づかずに。

✿

充実感と気がかりを胸に、北後宮五日目の夜は更けていく。

玉玲はこれまでのことを振り返りながら、臥牀に寝転がった。

猫怪や狐精たちとは順調に仲よくなれているが、漣霞との仲は冷えこむ一方だ。

彼女が自分を拒む理由は何となくわかっている。幻耀に従う理由も少しだけ。

でも、漣霞は気持ちを引き出そうとしても、かたくなに拒絶してしまう。

もっとはっきり指摘してやった方がいいのだろうか。簡単に認めるとは思えないけれど。

「玉玲」

黙考していたところで突然、男性の声が響いた。

玉玲はビクリと体を震わせ、部屋の入り口に目を向ける。

「太子様⁉ びっくりしたぁ。全然気配がなかったから」

吃驚する玉玲を冷ややかに眺め、幻耀はいつもよりも低い声音で告げた。

「漣霞から聞いたぞ。あやかしたちの感情をあおるようなまねばかりしているらしいな。余計なことはするな。直ちにやめろ」

「でも、あやかしたちは喜んでくれているし」

「そんなことは関係ない。せっかく漣霞が保ってきた秩序を乱されると困るのだ。お前はもう何もするな。これからあやかしたちの監視は全て漣霞にまかせる。言うことを聞けないのであれば、お前は北後宮から追放して――」

「漣霞さん。どうしてそんなに気に入らないの？　私たちの目的は同じはずなのに」

漣霞の言葉を押しとどめ、玉玲は切実な思いで尋ねる。

「何を言っている？　俺は……」

「漣霞さんが太子様に化けてるんでしょ？　ばればれだよ」

確信をもって指摘すると、幻耀もどきの漣霞は著しく眉をひそめた。

「……ばればれ、だと？」

「うん。人間って少なからず気配があるものだし、においだって微妙に違う。太子様は話をちゃんと聞いてくれる人だし。初めは驚いたけど、すぐに漣霞さんだってわかったよ」

幻耀にしては豊かな表情が、玉玲の笑いを誘う。

まあ、動物並の嗅覚と敏感さがなければ気づかなかっただろう。初回こそ何も知らなくて痛い目を見たが、人に変化できるあやかしがいるのだとわかっていれば化かされることはない。

玉玲は笑みを収め、真っ向から気持ちをぶつけることにした。

「漣霞さん、やっぱり太子様のことが好きなんじゃない？　私が妃としてここに来て、おもしろくなかったんでしょ？」

「なっ」

漣霞が眉をつりあげると同時に頰を赤らめる。幻耀だったら絶対にこんな顔はしない。

「私は太子様に、あやかしたちが悪さをしないように導けと言われてここに来た。それって、漣霞さんの仕事と一緒でしょう？　だから、役割を取られたみたいで悔しかったんじゃない？　私が同じ仕事をまかされちゃったから、太子様に信用されていないように思えて、寂しかったんだ。違う？」

玉玲は忌憚なく考えを伝える。彼女がなぜ玉玲を敵視し、追い出そうとしてきたのか。仲間に裏切り者と言われてまで幻耀に従っているのか。全て幻耀を慕っているからだと思えば納得できた。特権のためではなく、彼女は純粋に幻耀の役に立ちたかったのだ。己の存在価値を示すことで、彼に認めてほしかったのかもしれない。

「大丈夫だよ。私がここで何をしようと、あなたの存在価値はなくならない。思うんだけど、太子様が私を監視役にしたのは、あなたのことを信用していないんじゃなくて、負担を減らそうとしたんじゃないかな。二人であやかしがらみの問題を解決できれば、ずっと楽だから。この区域は、より暮らしやすい場所になるからって。もしあなたのことを信用してないなら、とっくに特権を奪っているはずだもの」

玉玲は二人の心情を慮り、一番伝えたかった思いを口にする。

「だから、これからは一緒に太子様の力になろう。協力してみんなのために働こう。私、誰よりも漣霞さんと仲よくなりたかったんだ」

彼女が力になってくれたら、こんなに心強いことはない。

化かされたように瞠目していた漣霞だったが、微笑みかけると、ようやく口を開いた。

「何言ってんのよ。あたしは――」

彼女が反論しようとした刹那、部屋の入り口からガタンと物音が響く。

突然扉の前に現れた男性を見て、漣霞も玉玲も大きく目を見開いた。

「漣霞、何だその姿は？　なぜまた俺に変化している？」

幻耀が漣霞を鋭く見すえて問いただす。

思いがけない展開に、玉玲はゴクリと唾を呑みこんだ。まさか本物がやってくるとは。

漣霞は一瞬でもとの姿に戻り、おびえたように肩を震わせている。

「ふざけたまねをすれば、特権は取りあげると言ったはずだぞ」

「違うんです、太子様！　これは、その、私が漣霞さんにお願いしたんです。最近、太子様が全然姿を見せなくて、寂しいから化けてみてって」

とっさに玉玲は出まかせを言って、漣霞をかばった。

だが、嘘が不自然すぎることに気づき、視線をさまよわせる。

幻耀は眉をひそめ、明らかに怪訝そうな表情だ。

これは下手な嘘でごまかすより、正直な思いをぶつけた方がいい。

「漣霞さんから特権を奪わないであげてください！　彼女は太子様の役に立とうと、精一杯がんばっています。太子様に化けたのは、問題を起こしたかったからじゃありません。ちょっと行き違いがあって。でも私たち、絶対うまくやっていけると思うんです。だから、お願いします。漣霞さんと私のことを信用してください！」

深々と頭を下げ、幻耀に理解を求める。まだうまくはいっていないけど、仲よくなる自信はある。目的は同じだから。彼女は仲間に悪く言われようと、誰かのために動ける情の深いあやかしだ。対話を続ければ、自分のこともわかってもらえるはず。理解し合えばきっと、心強い味方になってくれるだろう。

切願しながら頭を下げていると、幻耀は長い沈黙を置いて、ため息まじりに告げた。

「そこまで言うなら、今回のことに関しては目をつぶろう」

玉玲はパッと顔をあげる。やはり、彼は話のわかる人間だ。

「それより、これは何だ？」

感じ入っていたところで、幻耀が見覚えのある印紙を突き出してきた。

「無視しようかと思ったが、ここに書かれていることが気になって来た」

玉玲は自分が書いた手紙を黙読する。

〝瘧鬼を見つけても斬るべからず。刃物で脅すだけにとどめよ〟

印紙を折りたたんだ幻耀は、相変わらず冷ややかな表情で話を続けた。

「瘧鬼は北後宮にいるあやかしとは類が違う。人に近寄るだけで死に至る病を引き起こす。退治しなければ病は収束しない。わずかでも情けをかけるわけにはいかないのだ。お前はあやかしのことを何もわかっていない」

「わかっています。人に害を与えるあやかしがいることは。瘧鬼を払わないと病は収まらないことだって。でも、殺すことはないんです。むしろ殺せば、次なる災いを招きます」

「……何？」

「知っていますか、太子様？　あやかしは斬ると、大量の瘴気を発生させるんです。黒い靄を。それは小さな鬼を引き寄せます。十二年前、同じことがあったんです。杜北村で」

玉玲は助言の根拠を説明し、十二年前の出来事を思い返す。

村にやってきた青年があやかしたちを斬った後、黒い靄が発生した。

青年たちが去り、しばらくすると、鈍色の空気をまとった小さな鬼がやってきたのだ。

とたんに、村の人々は熱病にかかり、次々と倒れていった。

玉玲は、人に悪い空気を振りまく鬼が原因だと気づき、追い払おうと奔走した。

しかし、鬼には言葉が通じず、いくら話しかけても村から去ろうとしてくれない。

ある日、鬼が刃物を怖がっていることに気づき、仕方なく包丁を投げて脅してみたのだ。

すると、鬼は瞬く間に去っていき、村人たちの病も快方に向かっていった。

黒い靄が消えていたおかげか、それ以来、鬼が村にやってくることはなかった。

漣霞から瘧鬼の話を聞いて、玉玲は昔のことを思い出し、幻耀に手紙を書いたのだ。

「瘧鬼も斬ると、大量の瘴気を発生させると思うんです。それは消えることなく後宮に残り続けていたんじゃないでしょうか？　だから、瘴気に引き寄せられ、鬼が活発になる時期に毎年やってきた。殺された瘧鬼の瘴気だけではないと思います。私、南後宮に来た時から、空気の悪さが気になってたんですよ。北後宮は更にひどい。たぶん、抑圧されたあやかしたちの不満や負の感情が、瘴気として流れ出たんじゃないかって思ったんです」

説明の根拠を問われたら、経験に基づく勘、としか答えられないのだけれど。今までに勘が外れたことは一度もない。

「……あんた、だからやたらと空気のことを気にして……？」

ずっと目を見開いていた漣霞が、疑問を挟んでくる。

「そうだよ。あやかしたちの不満を解消して、空気をよくできればいいと思ったの。そうすることで、瘧鬼が二度と寄ってこないんじゃないかって。退治して一度消えたとしても、また寄ってきたら同じことのくり返しでしょう？　だから、どこかでその循環を断ち切れたらいいと思ったんだ。そうしないと、また後宮の人たちが苦しむから」

玉玲は熱意を胸に秘め、活動の真意を口にした。

「私は私のやり方で北後宮をよくしたい。それは南後宮のためにもなる。あやかしたちを笑顔にすることが私の仕事かなって、ここに来た時思ったんだよね。だから、協力してもらえないかな？　漣霞さんが力を貸してくれたら、すごく心強い」

再度懇願してみたものの、漣霞は何も答えず、ただ目を丸くしている。まだ頭の整理がついていない様子だ。しばらく考える時間を与えることにして、玉玲は幻耀に視線を戻した。

「太子様には瘧鬼の対処をお願いします。見つけても、どうか殺さないでください。瘧鬼はなぜか刃物を異様に恐れていますので、剣や刀で脅して恐怖心を植えつければ、しばらく近づいてこないはずですから。あとは、後宮の空気さえよくしていければ」

いまだに漂っている濁った空気を眺めながら考える。もしかしたら、北後宮から流れこんでくる瘴気が、南後宮の女性たちにも悪影響を及ぼしているのかもしれない。

宮女たちが極力人と関わろうとせず、殻に閉じこもっていたのも、一部の妃嬪が理不尽な命令や嫌がらせをくり返していたことも、悪い空気が影響していたのだとしたら。

変えていきたいと強く思う。まずは、あやかしたちが暮らすこの北後宮から。

「お前には本当に瘴気まで視えるのか？」

決意を固めていたところで、幻耀が訝しげに尋ねてきた。

「はい。太子様には視えませんか？」

「俺はもちろん、皇族の中にも視える者などいないだろう。なぜお前には視える？　両親はいったい何者だ？」

「知りませんよ。私、捨て子ですし。物心がついた時には視えていたんです。今もまだ漂っていますね。本当に少しですが、前よりよくなっているとは思うんですけど」

　玉玲はあたりを見回しながら答える。あやかしに料理をふるまってから徐々に空気がよくなり、今日一日でぐっとやわらいだ気がした。一部の空気だけで、北後宮全体を見ればまだまだだと思うのだけど。これからよくするということで、大目に見てほしい。

　祈るような気持ちで返事を待っていると、幻耀は険しい表情で口を開いた。

「わかった。とりあえず一度だけお前の意見を採り入れる。だが、一年以内にまた瘧鬼が発生した時は斬るぞ。病の蔓延を防ぐためにこれはゆずれない。いいな？」

「わかりました。この対処法が正しいか、はっきりしてるわけじゃありませんし、人命優先ですからね。私は次の感染者が出ないように、ここの空気をもっとよくしていきます。あやかしたちが暮らしていきやすいように」

　玉玲は改めて幻耀に決意を伝える。

　これからも己の信念に従って活動を続けていこう。正しいと思うことを貫けば、きっと周りの空気はよくなっていく。あやかしたちや後宮の女性にも笑顔が戻り、二度と瘧による犠牲者は出ないはずだ。周囲に笑顔が満ちれば、楽しんで仕事をするという養父との約束を守ることにもつながるだろう。

「瘧鬼の捜索に戻る。退治に出ている他の皇子たちにも対処法を知らせなくてはな」

やる気をみなぎらせる玉玲に、幻耀は淡々と告げて踵を返した。

「いってらっしゃい。お気をつけて」

玉玲は笑顔で幻耀を見送る。

やはり態度とは裏腹に、人の話をちゃんと聞いてくれる誠実な男性だと思った。言葉と行動で示していけば、あやかしたちに対する印象も改めてくれるかもしれない。

「思っていたよりも思慮深く、周りのことが見えているようだな」

部屋を出る間際、幻耀が独り言のようにつぶやいた。

「え？　今、何か言いましたか？」

はっきり聞き取ることができず、玉玲は目をしばたたく。

「思ったほどバカじゃない、そう言っただけだ」

幻耀は少しだけ楽しげな口調で告げて、部屋を出ていった。

いつもより明るめの声を聞けたのはうれしいが、言葉の意味を考えると、玉玲は内心複雑だ。

「あたしも、何も考えてないただバカなお人好しかと思ってたけど」

モヤモヤする玉玲の耳に、今度は漣霞のひそやかな声が届く。

「え、何？　今、私のことバカにした？」

「そう聞こえたんだったら、あんたはやっぱりただのバカよ」

眉根を寄せる玉玲に、漣霞はあきれたように言って、つんと顔をそむけた。

御膳房の窓から煙が立ちのぼり、周囲一帯に香ばしいにおいを振りまいている。

この日も玉玲はあやかしたちを満足させるべく、昼食を作っていた。

漣霞には昨日やめるように注意されたが、幻耀の訪いがあって以降は、何も言われていない。

面と向かって気持ちをぶつけた効果が現れたのか、突っかかってはこなくなった。

これから徐々にでも仲よくしてもらえるといいのだけど。

「やはりここにいたか」

思いを巡らせながら作業していると、厨の入り口から涼やかな男性の声が響いた。

「太子様⁉」

意外な来訪者に驚き、玉玲は包丁を取り落としそうになる。まさか、御膳房で彼の顔を目にすることになるとは。高貴で秀麗な容姿が、厨の雑然とした雰囲気にそぐわない。

いったい何の用があって、こんな場所まで訪ねてきたのだろう。

「いちおう知らせておこうと思ってな。先ほど瘧鬼を払い終えた」

目をぱちくりさせる玉玲に、幻耀は淡々と告げた。

「払い終えた、というのは……？」

払うという言葉には、いろんな意味がある。追い払ったのか、それとも滅したのか。

「短刀を投げて脅したら、一目散に後宮の外へ逃げていった」

返事を聞くや、玉玲は「よかった！」と安堵の声をあげた。幻耀のことを信用していないわけではなかったが、瘧鬼が早く見つかるか、他の皇子が殺さずに追い払ってくれるかどうか心配していたのだ。これで後宮が瘴気に汚染される危険は減るだろう。

うまくいけば、瘧鬼は二度と後宮に現れないかもしれない。人間の社会にまぎれこんだりしないように空気をよくしていけば。

「話はそれだけだ」

素っ気なく告げて立ち去ろうとする幻耀を、玉玲はとっさに呼びとめた。

「待ってください！　私、わかったことがあるんです。少し話を聞いてもらえますか？」

初めは誤解していたけれど、気づいたことがある。ここに至って、また彼に対する理解が深まった。わざわざ知らせに来てくれるほど律儀で、人に対する配慮がある。そして――。

「そんなことより、後ろから煙が出ているぞ」

言葉にしようとしたところで指摘され、玉玲はハッとして振り返る。

その瞬間、揚げ物を入れていた油鍋から勢いよく炎がほとばしった。

襲いかかる炎に顔をあぶられそうになった刹那。

後ろに腕を引かれると同時に、群青の袖が視界を覆い、烈火の襲撃を遮断する。

幻耀がかばうように胸へと引き寄せ、袖で炎から守ろうとしてくれた。

突然のことに玉玲の心臓ははねあがり、驚きのあまり動くこともできない。

束の間の出来事だったように思う。

不思議な安心感を覚えかけたところで、幻耀が玉玲から腕を離して告げた。

「思ったより燃えあがらなかったな。だが、早く何とかした方がいい。火事になるぞ」

玉玲は我に返って油鍋に視線を戻す。

初めより若干勢いが弱まったように見えたが、油鍋からは火がふいていた。

あわてて近くの布巾を水でぬらし、鍋を覆うように被せる。そして、すぐに竈の火を消した。

兄弟子から聞いた、油鍋による火災の対処法だ。

どうにか炎は収まり、玉玲は「ふぅ」と息をついて、額の汗をぬぐった。

話に夢中になり、しばらく油鍋から目を離したことが原因だ。反省しなければ。

「あの、ありがとうございました。また守ろうとしてくれて」

まずは感謝の気持ちを伝える玉玲に、幻耀は冷然として返した。

「やけどでも負われては面倒だからな。お前にはあやかしたちをしっかり管理してもらわなければ困る。休まず働いてもらわなくては」

冷ややかに告げられながらも、玉玲は確信する。やはりそうだ。冷たいふりをしているけれど、いざという時とっさに体が動いて、見せてしまう。自分より他人を守ろうとするほど篤実で、思いやりに満ちた本性を。

「あなたは本当に優しい人なのですね。全然隠しきれていません」

笑みを浮かべると、幻耀は不可解そうに眉をゆがめた。

「何を言っている？　俺は臣下たちから兄殺しの皇子として恐れられているような人間だぞ」

「あなたや周りがどう思おうと、私にはわかります。太子様は優しい男性です」

玉玲は断言し、幻耀を見つめながら考えた。彼は本来の自分を否定し、冷酷であろうとしているように見える。もしかしたら、兄を手にかけた己を許せないのではないだろうか。過酷な過去が心を傷つけ、本質をゆがめてしまったのかもしれない。

彼には心を癒やす時間と安心して暮らせる環境が必要だ。

そのために、自分ができること。

「私、決めました。あやかしたちを守りたいと思って妃になったけど、あなたの心を守るためにも働きます。ここがあなたにとって心安らかに暮らせる場所となるように」

そして、いずれは笑顔を取り戻してもらいたい。

新たな決意を伝えると、幻耀は何かを思い出したかのように目を見開いた。

「……心安らかに暮らせる場所」

その言葉に何か感じるところがあったのだろうか。

かみしめるようにつぶやく幻耀を、少し不思議な気持ちで見つめていた時だった。

「失礼いたします、玉玲様！」

文英が血相を変えて御膳房へと駆け入ってくる。

「大丈夫でしょうか？　近くを通りかかったら、煙が見えましたので」

心配して来てくれたのだろう。厨の様子をうかがう文英に、玉玲は肩を縮めて謝罪した。

「すみません。揚げ物を放置していたら油に引火してしまったみたいで。今は大丈夫です」

文英は「さようでしたか」と言って安堵の息をもらし、竈の近くにいた幻耀に視線を移した。

「殿下もこちらにいらしたのですね」

「いちおう助言をもらったからな。瘧鬼のことを教えてやろうと思って来ただけだ」

「おや、私に命じてくだされば、伝えにまいりましたものを。人と関わるのを嫌われる殿下が、このような場所へ自ら出向かれるとは、どういう心境の変化なのでしょうね」

「……何が言いたい？」

顔をしかめて訊く幻耀に、文英は含みありげな笑みを浮かべて返す。

「いえ。出すぎたことを申しあげました。私の独り言だとお思いになってください」

幻耀は決まりが悪そうに眉をゆがめ、文英から視線をそらした。若干戸惑った様子で。

いつもは機嫌が悪いか無表情なのに。こんな幻耀の顔を見るのは初めてだ。

「少し眠る。お前はここの後始末を手伝ってやれ」

「かしこまりました。どうぞごゆっくりお休みください」

文英は笑みを深めて応じ、外へと向かっていく幻耀を見送った。

「さすがにお疲れのようですね。ここ数日あまり休まれていないようでしたから」

文英がこぼした言葉を聞いて、玉玲は幻耀の行動に思いを巡らせる。

瘧鬼の退治に出てから彼を見かけたのは、四日のうち一度だけ。昨日は玉玲に話を聞きにきただけのようだったし、ちゃんと休んでいるか心配はしていたのだ。人命が関わっていたからか、太子としての責任感からか、寝る間も惜しんで任務にあたってくれたらしい。

自分に何かできることはないだろうか。少しでも彼をねぎらいたい。

「太子様のために食事を作ってはだめでしょうか？　精のつく料理を」

パッと思いついた案に、文英は複雑そうな表情で難色を示した。

「それは……。どうでしょう。お召しあがりになるか」

玉玲は以前文英に聞いた話を思い出す。

「ああ、後宮では食事を取らないんでしたね。毒を警戒して」

幻耀はあやかしだけではなく、人間に対しても強い不信感を抱いている。事情や根拠を示せば話を聞いてくれるが、命に関わることとなれば、拒絶されるかもしれない。今はまだそこまで信用されていないような気がする。

「作ってみたら？」

物思いにふけっていたところで突然、背中を押すように声が響いた。

「あの方のためだったら、あたしも協力するし」

厨の入り口に現れた女性を見て、玉玲は声が裏返るくらい仰天する。

「漣霞さん⁉」

彼女が急に現れたことより何より言葉にびっくりさせられた。

――協力する？

「何でそんなに驚くのよ！　あんたが言ったんでしょ。一緒に幻耀様の力になろうって」

瞠目する玉玲を、漣霞は苛立たしそうに凝視する。

だが、視線を交えていると、少しずつ瞼を落としていき、おもむろに語り始めた。

「あんたの言った通りよ。あたし、あの方のことが好きだった。別に異性として見てるわけじゃないけどね。昔はとても優しい方だったの。でも、お母様をあやかしに殺されて、いろいろあって、すっかり変わってしまって。もとに戻ってほしかったのよ。あたしががんばって、あやかしに対する信用を取り戻せたらって。無駄なあがきだったみたいだけど」

悔やむように伏せられていた漣霞の瞼が徐々に持ちあがり、瞳にはかすかな光が宿る。

「でも、あんたが来てから、幻耀様は少しだけあやかしに対する姿勢を変えた。今までなら、言いつけを破ったあたしは絶対に特権を取りあげられていたし、瘧鬼なんて抹殺していたと思うわ。あんたがここの空気を変えていったら、あの方はもっと昔みたいに……」

言葉を詰まらせる漣霞に、玉玲はいたわるように声をかけた。

「……漣霞さん」

「だから協力してやるって言ってるの！」

余計な気遣いは無用だと言わんばかりに、漣霞は声を荒らげて宣言する。

協力するという言葉とは裏腹に、反抗的な態度が彼女らしい。

玉玲は抱きついて喜びたい衝動を抑え、努めて穏やかに礼を言う。

「ありがとう、漣霞さん。じゃあ、太子様のために一緒に料理を作ろう。まずはじゃがいもの皮から剝いてもらえる？」

感情を刺激しなかったことがよかったのか、漣霞は素直に応じた。

「このいもの皮を取りのぞけばいいのね？」

玉玲は微笑みながら頷き、まな板の前に立った漣霞に包丁を渡す。

だが次の瞬間、玉玲の顔は一気に凍りついた。

ダン！

漣霞がじゃがいもに向かって勢いよく包丁を振りおろす。

ダン、ダンッ、ダンッ！

「ちょっと漣霞さん!?」

玉玲はあわてて漣霞を止める。だが、時すでに遅し。

みごとに皮はなくなったものの、じゃがいもは賽子ほどの大きさに変貌していた。

これには文英も目を瞬かせる。あやかしは視えなくても、動かした物体は見えるのだ。突然包丁が派手な音を立てた後、じゃがいもが小さくなっていたのだから、相当驚いたに違いない。

「これじゃあ、身がほとんどないよ。漣霞さん、もしかして料理の方は……？」

玉玲は唇をひきつらせながら質問する。

「当然でしょ！　したことなんかないわ。何よ、文句ある？」

漣霞は完全に開き直って答え、玉玲をにらみつけた。

彼女を手なずけるのには、まだまだ時間がかかりそうだ。

でも、確実に距離は縮まっている。思いはちゃんと漣霞の胸に届いているはずだ。

彼女のまとう空気が以前よりずっと穏やかなものになっている。

確かな手応えを感じ、玉玲は笑顔で語りかけた。

「じゃあ、少しずつ教えていくよ。これから一緒にがんばろう。改めて、どうぞよろしくね」

# 第三章　妃たちの奇奇怪怪なる陰謀

黄昏の光に満ちた広場に、もふもふたちの朗らかな声が響き渡る。

「うまい！　この猫まんまはまさに理想としていた食べ物だ。我が輩は猫ではないがな」

「この『ばんばんじー』もいけるのニャ！　次は『よだれどり』を食べさせるニャ！」

「拙者は油揚げを所望するナリ。これにかなう食べ物はないナリ！」

瘧鬼を払ってから半月後には、ほとんどの猫怪と狐精が広場を訪れるようになっていた。夕方は特に好みのうるさいあやかしたちの声で騒がしくなる。

人気料理となっているのは、食べやすい饅頭や小籠包だ。

最古参の常連である莉莉が、小籠包を摑み寄せ、訝しげな顔で尋ねた。

「味には問題ないけどよ。何で最近たまに形が異様に崩れてるやつがあるんだ？　皮が残りまくってる野菜とか、卵の殻が入ってた料理もあったぞ」

莉莉が手にした小籠包は、包み方が雑すぎて所々破け、餡がはみ出している。

「ああ、それはね」

玉玲が説明しようとしたところで、一部の猫怪が「ぶはっ！」と料理を吹き出した。

「この小籠包、甘すぎてよ！　完全に砂糖と塩を間違えているわ！」

「この蟹肉炒蛋、食感がバリバリ。これじゃ蟹が具なのか卵の殻が具なのかわからないよ」

不満の声を聞きつけるやいなや、

「ちょっと、あんたたち！　文句を言うなら食うんじゃないわよ！」

木陰からあやかしたちの様子を観察していた漣霞が、広場へと飛び出してきた。

「げっ、漣霞！」

「やばいナリ。行くナリ。太子にチクられるナリ！」

「待って、みんな！」

とっさに玉玲は、逃げ出そうとした狐精たちを引きとめる。

「漣霞さんはみんなの味方だよ。この料理だって、漣霞さんが手伝ってくれたんだから」

話を聞いたあやかしたちが、信じられないとでもいうように目を丸くした。

「……漣霞が？」

「そうだよ。さすがにこれだけの数になるとさ、私一人じゃ作業が追いつかないんだよね。だから漣霞さんにも手伝ってもらっていたの。彼女がいなければ、とても全員のぶんは用意できなかったよ。彼女は彼女なりにこの区域をよくしようとしてくれてるの。だから漣霞さんを悪く思わないで。せっかく歩み寄ろうとしているのに、逃げ出されたら傷つくよ」

玉玲は漣霞のこれまでの努力を思い返し、あやかしたちに訴える。

幻耀のために料理を作ってから、彼女は腕を磨くためだと言って、あやかしたちの食事作りも手伝うようになってくれた。おそらくは料理の練習というより、あやかしたちとの関係を改善したいと考えたからではないだろうか。

漣霞の心情を慮っていると、あやかしたちは料理を見て、納得したようにこぼした。

「最近料理がおかしかった理由はそれか」

「たまに変なのがまじっていて、不思議に思っていたんだコン」

指摘した狐精を、漣霞が鋭くにらみつける。

「だから文句を言うなら――」

「まあ、いいんじゃねえの。皮つきの野菜でも。まずくなるってほどでもねえし」

漣霞の言葉をさえぎり、莉莉が取りなすように口を挟んだ。すると、

「形がおかしくても、おいしければいいニャ！」

「まあ、砂糖入りの小籠包も甜品だと思えば食べられるわね」

「量が減るよりはましだな。殻入りの料理でも、食べられないよりは」

他の猫怪たちも、遠回しに漣霞の手伝いを認めるような発言をする。

「帰るやつは帰っていいぜ。そのぶんおいらが食べられるからな」

「いいや、帰ったやつのぶんは俺様のものだ！」

莉莉たちが告げたところで、帰ろうとしていた三尾の狐精があわてて主張した。

「だめナリ！　拙者、帰るのはやめるナリ！　だから、拙者のぶんは残すナリ！」

漣霞を避けていた他の狐精たちも、料理の方へと舞い戻って食事を続ける。

そこからは狐精も猫怪も入り乱れ、奪い合うように料理をむさぼった。

結局誰も帰ることなく、日常の光景が戻る。漣霞に対する感情より食欲の方が勝ったのか、彼女を仲間として認めてくれたのかどうかはわからないけれど。

「よかったね、漣霞さん」

後者であることを期待して、玉玲は漣霞に微笑みかけた。

「別にっ。余計なこと言うんじゃないわよ」

漣霞は顔をプイとそむけつつ、頰を赤く染める。態度とは裏腹に喜んでいるようだ。

半月ちょっとのつき合いで、玉玲にも漣霞の性格がよくわかるようになっていた。

彼女は本当に素直じゃない。でも、慣れるとそこがかわいらしく思えたりもする。

穏やかな気持ちで漣霞やもふもふたちの顔を眺めていた時だった。

「何の騒ぎだ、これは？」

東の路から響いた声にハッとして、あやかしたちは食事をやめる。

「ひっ、太子！」

「逃げるナリ！　これはさすがにやばいナリ！」

幻耀の姿を視界にとらえるや、狐精も猫怪も一目散に逃げ出した。

「あっ、みんな！」

すぐに玉玲が呼びとめるが、彼らの耳には入っていない。

瞬く間に広場から走り去ってしまった。幻耀に対する恐怖心は食欲以上に強いようだ。

「あやかしに料理をふるまっているという話は聞いたが、あれほどいたとはな。警戒心の強いあやかしがよくもまあ。無駄な経費だ」

あやかしたちが逃げていった方角を眺め、幻耀が冷ややかに吐き捨てる。

『無駄な経費』とは、あやかしに食事を与えることに対して、だいぶ否定的な発言だ。

「続けたらだめでしょうか？　経費を心配しているのでしたら野菜は自分で栽培しますし、鶏や牛を飼ってもいいなら初期費用だけで抑えられます。あやかしたちは今や食事の機会を楽しみにしてくれてるんです。だからどうかその楽しみを奪わないでください。お願いします！」

玉玲は深々と頭を下げて懇願する。野菜の栽培や家畜の飼育はあやかしたちにも手伝ってもらえばいいし、今の彼らなら快く協力してくれるはずだ。せっかく空気がよくなっているのに、大事な交流の場を失いたくはない。

切実な思いで頭を下げ続ける玉玲に、幻耀は淡々と告げた。

「空気をよくすると言ったな。そうすれば今後、瘧による犠牲者が出ることはないと。主上も近年、瘧の感染者が急増していることを憂慮されていた。その問題を解決できるというなら、初めの一年だけはお前の好きにさせてやる。だが、瘧鬼が発生したらそれまでだ。野菜の苗や鶏の購入についてはは検討しておこう」

返事を聞いた玉玲は面をあげ、笑顔になって礼を言う。

「はい、ありがとうございます！」

本当に話のわかる男性で助かった。あやかしたちにも彼のよさが伝わればいいのだけれど。

笑みを浮かべたまま見つめていると、ふいに幻耀が玉玲から視線をそらし、近くに置いてあった小籠包を見おろして指摘した。

「いびつな食べ物があるな。漣霞か」

「いいえ。いびつなものを作ったのは玉玲です。あたしのは、その辺の整った料理ですわ」

すかさず漣霞が、完璧な仕上がりの韮皇炒旦を指さして主張する。

もちろん崩れた小籠包を作ったのは漣霞で、韮皇炒旦は玉玲の作品だ。いけしゃあしゃあと嘘をついたにもかかわらず、彼女は餡のはみ出た小籠包をてのひらにのせ、幻耀に差し出した。

「お一ついかがでしょう？」

何が何でも自分が作った料理を食べてもらいたいという執念だろう。

「不要だ。わざわざいびつなやつを勧めるな」

幻耀は漣霞の申し出をばっさりと斬り捨てた。

容赦のない言葉に、さすがの漣霞もしょんぼりと肩を落とす。

実は、彼女が差し入れを断られたのは一度だけではない。半月前、初めて幻耀に料理を作った時にも突っぱねられていた。「まずそうなものを持ってくるな」と。自分が盛りつけると言って聞かないものだから。漣霞は幻耀の料理だけは率先して手がけようとする。もう少し手助けしてあげればよかっただろうか。毒を警戒し、拒絶していることもあるとは思うけど。

玉玲は漣霞を気の毒に思いつつ、幻耀に話しかける。

「それより太子様、今日は早いですね。何かあったんですか？」

彼が外朝での仕事を終えて北後宮に戻ってくるのは、たいてい真夜中だ。

不思議に思って訊くと、幻耀は小さく頷き、若干気だるそうに答えた。

「早めに知らせておいた方がいいと思ってな。衣裳の準備もあるだろう。それなりの教養も身につけてもらわなければならない。文英、お前は玉玲の教養を担当しろ。漣霞、お前は衣裳や身の回りのことを助言してやれ」

「かしこまりました」

幻耀の後方に控えていた文英が、うやうやしくこうべを垂れて返事する。

「ちょっと、待ってください。いったい何があるっていうんです？」

勝手に話を進められても困る。衣裳やら教養やら意味がわからない。

困惑する玉玲に、幻耀はため息をついて言った。

「明後日、北後宮で宴が開かれることになった」

「え？　この区域でですか？」

開催地の選択にまず驚く。北後宮は南後宮の女性にとって、それは恐ろしい場所だ。

「俺も参加しなければならないからな。十四歳以上の皇子は南後宮に入れない。瘧が発生した時だけは例外だが。女性は特定の行事がある時以外、後宮の外へは出られない。北後宮にはどちらも入れるからな。必然的にここしか開催する場所がないというわけだ」

「でも、北後宮に来ることを女性たちは嫌がりません？　そこまでして宴を催す必要があるんですか？」

宮女も妃嬪たちも、北後宮には怖くて近づきたくないだろう。たとえば、幻耀が参加しなければ南後宮でも宴を開ける。彼は極力人と関わりたくない性分のようだし、参加を辞退するという選択肢はなかったのか。

「今回ばかりは仕方がない。宴の主催者は、俺の後見人である皇后様だ。断るわけにもいかなかった。この宴は俺たちが主賓だからな」

「俺たちって、……私も!?」

「そうだ。今回の宴は、俺が妃を迎えたことに対する祝宴。お前を上級妃嬪や公主たちにお披露目する場であり、歓迎会のようなものでもある」

「えええっ!?」

まさかそんな通過儀礼があるとは思わず、玉玲は裏返った声を連発させてしまう。

ひたすら嫌な予感しかしなかった。

上体を包んでいるのは紅梅色の襦。小花柄の刺繍と襞の入った裙が、胸の下から足もとまで流れている。肩にかけている白い披肩は貂の毛皮でできていて温かい。髪は頭頂部で二つの輪っかを作る飛仙髻に結わえ、珠玉をあしらった金簪や歩揺で飾り立てている。

仕上げに化粧を少々。顔全体と首にも少し白粉を塗り、唇にはうっすら胭脂を差す。化粧筆で細く黛眉を、額には赤い花鈿を描いて完成だ。

「まあ、あたしの手にかかれば、ざっとこんなもんよ。完全に『猿にも衣裳』だけど」

着つけと化粧を担当した漣霞が、玉玲の足もとから頭を眺めて、得意げな顔をする。

玉玲は鏡に映る自分の姿を、ただぼーっと観察していた。南後宮を出る時にも才人の侍女に化粧を施してもらったが、全然違う。自分が年相応に、しかもきれいに見える。漣霞の腕が相当よかったのか。自分の目がおかしくなっているのか。

「どうかな、莉莉？」

遊びにきていた莉莉に、感想を訊いてみる。

だが、莉莉は先ほどまでの玉玲同様、ぼけーっと鏡を眺めていた。

「やあね、この子ったら、猫の分際で人間に見とれちゃって」

「見とれてねえ！　ひらひらに目を奪われてただけだ！　『豚に真珠』だぜ。それに、おいらは猫じゃねえ！　こわーいあやかしだぞ？　近づいたら、やけどするぜ！」

シャーッ！　莉莉の猫拳が漣霞の裙へと炸裂する。

あんまりな物言いに、玉玲は若干落ちこんだ。

さすがに『豚に真珠』はひどい。っていうか、使い方を間違えてないか？

複雑な気持ちになっていると、部屋の外からうかがいを立てる声が響いた。

「玉玲様、準備は整いましたでしょうか？」

「文英さん？　はい。どうぞ」

扉を開けた文英は、鏡台の前に座っていた玉玲を見て、目を瞠る。

「これは素敵ですね。まるで天女が舞いおりたかのようだ」

過分なほめ言葉をもらったが、玉玲は素直に喜ぶ気持ちにはなれない。

「そう言ってくれるのは、文英さんだけですよ」

他は『猿にも衣裳』に『豚に真珠』だ。優しい文英のことだから、気分を盛りあげようと、お世辞を言ってくれただけだろう。

のっそりと立ちあがる玉玲に、文英は微笑みながら告げた。

「それでは、まいりましょうか」

玉玲は「はい」と弱々しく返事をし、扉の方へ向かう。

恐れていた宴の時間がついに迫ってきた。この二日で文英から皇族の慣習や行儀作法を学び、漣霞に身なりを整えてもらったが、妃としてうまくふるまう自信がない。完全につけ焼き刃だ。

不安な面もちで部屋を出ようとする玉玲だったが。

「……あれ？　文英さんも緊張してるんですか？」

彼の表情が少し硬いように思えて立ちどまる。

「そのようなことはありませんよ。どうかお気になさらず」

「でも、少し顔色が悪い気もしますし。もしかして、体調が悪いんじゃないですか？」

文英は硬い笑顔を作り、「いえ、大丈夫です」と否定した。

やはり、いつもとどこか様子が違う。

「それじゃあ、私がうまく妃を演じられるか心配で？」

「違います。そちらの心配ではなく……」

「他に何か心配事でもあるんですか？」

玉玲は口ごもる文英の正面に立ち、茶色い双眸をまっすぐ見つめて尋ねた。

「……殿下のことです」

「太子様の？」

玉玲のしつこい追及に、文英は一度ため息をつき、観念したように口を開いた。

「あなたには隠し事ができないようですね。余計な不安を与えないようにお話ししていなかったのですが。暗殺の心配をしていたのです。今回の宴に乗じて、殿下を亡き者にせんとする輩が現れるのではないかと」

不穏な話に玉玲は目を剝き、思わず文英の両腕を摑む。

「どういうことなんですか？　詳しく聞かせてください！」

強い口調で説明を求めると、文英はつらそうに眉をゆがめて答えた。

「以前少しお話ししましたが、殿下はこれまでに幾度か命を狙われたことがあるのです。ほとんどの事件の黒幕はまだ見つかっていません。疑わしい人物は数名いるのですが」

「もしかして、今回宴に招待されている人の中に……？」

「そうなのです。一番疑わしいと思われるのは四夫人の一人、程貴妃です。第四皇子のご生母であり、最後まで皇后様と国母の座を争われていました。我が国においては、次期皇帝のご生母、もしくは後見人となられるお方が、皇后になることが慣例です。幻耀様が太子となられたことで、相当苦い思いをされたはず。殿下さえ亡き者にできれば、第四皇子を太子とし、皇后の位を奪うことも可能になるでしょう」

玉玲は息をつく間もなく、質問を続ける。

「疑わしい人物が数名いるということは、他にも後継者候補がいたんですか？」

「はい。有力視されていたのは、第六、七、九、十三皇子あたりでしょうか。第六、七皇子は、程貴妃の腰巾着と言われている班徳妃のご子息です。第九、十三皇子はご生母を亡くされていますが、共にご実家の身分が高く、秀でた霊力をお持ちです。第九皇子は現在、宋賢妃が後ろ盾をされています。第十三皇子にはまだ後見人となる妃嬪はいらっしゃらないようですが」

徳妃と賢妃。これまた夫人だ。四つの重席の二つ。貴妃も合わせれば三つか。

「つまり、程貴妃の他に、班徳妃と宋賢妃も怪しいということなんでしょうか？」

「そうですね。宋賢妃は娘の公主しかお産みになっていないのですが、野心の強いお方で、第九皇子のご生母がお隠れになる前は、第二皇子を後見されていました。その第二皇子が……」

文英が言いにくそうに言葉を詰まらせた。

「何かしたんですか？　もしかして、太子様に？」

「……はい。直接手を下そうとされたのです。あやかしを退治するため、遠方の町を訪れていた折に。剣で斬りかかり、ひそかに殿下を亡き者にしようと」

玉玲は顔を強ばらせて尋ねる。

「それで、第二皇子は……？」

「返り討ちにされました。殿下は仕方なく兄君を手にかけられたのです」

以前幻耀が言っていた、兄を手にかけたという話。あれは、このことだったのだ。

やむにやまれぬ事情があったとはいえ、幻耀の心情を思うと胸が痛い。

「おそらく、殿下の才能を妬み恐れての犯行だったのでしょう。城の外で実行すれば、賊に斬られたことにして言い逃れも図れるでしょうし。結局、第二皇子の凶行は白日の下にさらされ、殿下は逆に主上から高い評価を得られることになりました。その武力と冷徹さを買われ、太子の座に近づかれたのです。第二皇子を後見されていた宋賢妃は関連を否定され、証拠不十分として処罰を免れたのですが……」

いったん途切れた文英の話を玉玲がつなぐ。

「太子様を亡き者にしたい理由はあるというわけですね？」

文英はただ瞼を伏せて頷いた。

「宴を取りやめるわけにはいかないんですか？　せめて怪しい人間を招かなければ。皇后様も太子様の身を案じているわけですよね？」

「もちろんです。皇后様にとって殿下は、言わば生命線。後見されている殿下が亡き者となれば、国母の座も危うくなるわけですから、何としてもお命を守りたいところでしょう。ですが、この通過儀礼を無視するわけにはいかないのです。宴とは、政ですから」

「……まつりごと？」

「殿下が太子となられ、後宮に妃を置かれたことは、政治的に大きな意味を持ちます。それを内外に知らしめることは、皇后様にとっても重要なのです。危険があるからと回避すれば、皇后の沽券に関わります。臆病者と妃嬪たちからそしられることになるでしょう。ですから、皇后様は自らの体面のためにも宴を開かなければならないのです」

神妙な顔つきを崩さなかった文英だが、玉玲の顔を見て、少しだけ表情をゆるめる。おそらくは、玉玲の不安な心境を読み取り、安心させようと気遣って。

「まあ、あまり心配する必要はないのかもしれません。今回の宴は皇后様の主催。警備から何まで万全の態勢であたられることでしょう。殿下に万一のことがあった場合、一番困るのは皇后様ですからね。殿下は暘帝国屈指の武芸達者であられますし、大丈夫だとは思うのですが」

玉玲は文英の話に納得しつつ、幻耀の安全を第一に考える。

宴を中止できればいいのだけど、それができないのであれば仕方ない。

「じゃあ、何かあった場合は私が体を張って守ります。太子様は後宮で料理を食べないから、毒殺の心配はしなくていいと思うし。私、身体能力には自信がありますから」

胸に手をあてて申し出ると、漣霞が名案だと言わんばかりに賛同した。

「それはいいわね！　あたしもいちおう近くで警戒してるけど、運動神経には自信がないわ。あたしはかわいくておしゃれで意識の高い頭脳派の狐精だから。何かあった時には、動物並に身軽でしぶといあんたが盾になってちょうだい」

「おいっ。お前、何度もかばってもらったんだろ。あんまりな言い方するなよ。おいらは反対だ。玉玲、お前だけでも参加すんのやめろよ。巻き添えを食らうかもしれねえぞ？」

引きとめてくれた莉莉に、玉玲は微笑みかけて礼を言う。

「心配してくれてありがとう、莉莉。でも私、どうしても太子様のことを助けたいんだ。彼にはたくさん俸給をもらって助かっているし、要望を叶えてもらったり、いろんな恩がある。少しでも役に立ちたいの。太子様にも笑顔になってもらいたい」

自分が今、笑いながら暮らせているのは彼のおかげだから。

兄弟子からの文によると、仕送りが増えたおかげで養父は十分な治療を受けられるようになり、体調も徐々によくなっているという。あやかしたちとの交流も、幻耀の理解がなければできなかったことだ。妃として働くのは三年限定とし、将来の自由も約束してくれた。

そして、もう一つ。幻耀には大きな恩がある。

彼は、子どもの頃は笑顔を絶やさない優しい少年だったはずだ。その笑顔を取り戻したい。

「お前、太子のことが好きなのか？」

これまでのことを思い返していると、莉莉が不機嫌そうな顔で尋ねてきた。

「好きだよ」

玉玲は考える間も置かずに答える。彼のことは人間として好きだ。

「話をちゃんと聞いてくれるし、自分のことより他人を気遣える優しい男性だと思う。あやかしに対しては厳しい部分もあるけれど、彼なりに人を守ろうと動いているからなんだ。わけもなくあやかしを傷つけるような人じゃないって、莉莉にもわかってほしいな」

少しでも理解してほしくて訴えるが、莉莉は更に機嫌を損ねた様子で言い放った。

「わからねえよ！　もう勝手にしろっ。どうなってもおいらは知らねえからな！」

捨て台詞を吐くや、開いた窓から外へと駆け去ってしまう。

窓辺に立って莉莉の後ろ姿を眺めていた漣霞が、あきれたように肩をすくめた。

「あらあら、きっと嫉妬ね。放っておいたらいいわよ」

玉玲は意気消沈しながら外に目を向ける。莉莉はもういない。自分と一番初めに仲よくなり、いつも背中を押してくれた。素直じゃないけれど、仲間をその気にさせるのがうまくて、思いやりのある猫怪。莉莉の理解が得られたら、こんなに心強いことはないのに。

肩を落としていると、不可解そうな顔をしていた文英が声をかけてきた。

「玉玲様、殿下を思ってくださるお気持ちはうれしいのですが、あまりご無理をなさらないでくださいね。あなたに何かあれば、殿下が嘆かれます」

彼にはあやかしが視えないし声も聞こえないから、何が起きたのかわからなかったのだろう。玉玲の言葉から心情だけを察し、気遣ってくれたようだ。

その気持ちはありがたいと思いながら、玉玲は苦笑いを浮かべて返す。

「嘆くって。そこまで思われてはいないんじゃないですかね」

幻耀のことは優しい人だと思うけど、自分のために嘆く姿なんてとても想像できない。

無表情と仏頂面しか思い浮かばず、悲しくなりかけていた時だった。

「少なくともいい気はしないな」

声が聞こえると同時に、そばの扉が開く。

すぐ近くに現れた人物を見て、玉玲は驚きの声をあげた。

「太子様⁉」

「あまりに遅いものだから、様子を見に来た」

直ちに文英が頭を下げて弁明する。

「私が長話をお聞かせしていたものですから。申し訳ございません」

文英の謝罪に対しては何も言わず、幻耀は玉玲に視線を据え、顔や体をまじまじと観察した。

「いかがです？　見とれるほどおきれいでしょう？」

玉玲を見つめたまま黙りこむ幻耀に、文英は含み笑いをもらして問いかける。

「ま、まあ、衣裳や装飾品はな。鬼龍子にも化粧といったところか」

「鬼龍子ぃ⁉」

鬼龍子とは、狛犬に似た恐ろしい形相の置き瓦のことだ。これは『猿にも衣裳』に勝るほめ言葉──いや、けなしている。どんな人間でも外面を飾れば立派に見えることのたとえ。

玉玲は更に気落ちしつつ、幻耀を凝視する。宴があるからか、今日の彼はいつもよりも華やかで豪奢な装いだった。頭上を飾る小冠や簪には宝玉があしらわれ、赤い長袍や紺を基調とした蔽膝には、金糸できらびやかな刺繍が施されている。

彼の方はまさしく『獅子に牡丹』。堂々たる姿に華麗さを加えた完璧な取り合わせだ。

もとが立派な人間は、外面を飾れば更に魅力が増す。

美麗すぎる容姿に、束の間見とれてしまう玉玲だったが、彼の言葉を思い返して、すぐに目

をそらした。『少なくともいい気はしない』と言って入ってきたということは、直前の会話を聞かれていたのは確かなわけで。

「あの、どこから聞いていたんですか？」

嫌な予感を覚えて尋ねると、幻耀は抑揚のない口調で答えた。

「何かあった場合は私が体を張って守ります、のあたりだったか」

玉玲は顔を紅潮させてうつむく。聞かれたくない部分がほとんどだ。幻耀を好きだと言ったことまで。人間としてという意味だから、聞かれて困るというわけではないけれど、ちょっと気まずい。さっさと入ってきてくれたらよかったのに。

唇をとがらせる玉玲に、幻耀は少しだけ表情をゆるめて告げた。

「俺はお前に守られるような玉じゃない。何かあった時には、まず自分の心配をしろ。お前に死なれたら、これまであやかしに費やした食料が無駄になる」

「……太子様」

言葉の真意に気づき、玉玲の胸は熱くなる。今のは明らかに自分のことを気遣って言ったのだ。こんなにわかりやすい配慮の言葉をくれたのは初めてかもしれない。

「ありがとうございます。私、太子様のこと、全力で守りますから！」

幻耀の言葉に感動し、意気軒昂と宣言する。

奮い立つ玉玲に、幻耀は眉をひそめてこう言ったのだった。

「お前、俺の話をちゃんと聞いていたか？」

✿

楽師たちの奏でる洞簫や琵琶の音色が、晩冬の青く澄んだ空へと吸いこまれていく。

華やかな楽曲が流れているにもかかわらず、会場の空気は重い。

宴に招待された妃嬪のほとんどは、おびえた様子で顔を強ばらせている。幽鬼がいるわけでも、あやかしが視えるわけでもない。見張りや護衛を担当する宦官が随所に配備され、警備が厳重なことを除けば、目立った異変などない簡素な宴だ。

玉玲が幻耀の妃になったことを祝う宴は、南西部の園林に近い広場で執り行われていた。

玉玲と幻耀は園林に面した天幕の下の上座に。左側に淑妃を除く貴妃、徳妃、賢妃の三夫人、及び公主たち。右側には、夫人の下の位にある昭儀、昭容、昭媛、修儀、修容、修媛、充儀、充容、充媛の九嬪が並んでいる。どの席にも笑顔はない。いや、一人だけ。

幻耀の隣に座っている貴婦人だけが、晴れやかな笑みを浮かべていた。

今年四十五になるという、暘帝国の皇后・姜氏だ。

皇后は満足そうに周囲を見渡すと、人好きのよさそうな笑顔で幻耀に語りかけた。

「本当にめでたいこと。浮いた話一つ聞かなかった幻耀が、妃を迎えてくれるなんて」

幻耀に向けられていた皇后の目が、二つ隣の席に座る玉玲をとらえる。

「玉玲、よくぞ幻耀の妃になってくれましたね。妾は歓迎しますよ」

祝福の言葉をかけてくる皇后に、玉玲は「恐れ入ります」と言って、こうべを垂れた。正式な妃ではなく、期間限定の契約妃なので、内心ではひやひやだ。

反応に困ったら、とりあえず『恐れ入ります』を使うように文英から教育を受けていた。うまく反応できていたか、周囲の様子をうかがってみる。

皇后は至って上機嫌。隣の幻耀は安定の仏頂面——これは参考にならない。夫人たちの表情は相変わらず硬く、九嬪は恐怖のあまりか青ざめている。

楽師による演奏以外は何も催されておらず、雰囲気は全く宴らしくない。普通なら卓を華やかに飾り立てているはずの料理がないことも大きいか。毒殺を警戒して皇后が用意させなかったのだ。周囲にはピリピリした空気だけが漂っている。

特に空気が悪いのは、三夫人たちのいる席だ。中でもその中央。ほっそりした体に、色彩豊かな襦裙をまとった、四十がらみの女性が座っている。夫人の筆頭格、程貴妃だ。

目が合うや、程貴妃は玉玲をいかにも見下した目つきで眺め、朱唇を開いた。

「玉玲様は才人付きの宮女だったとか。太子妃ともなれば正二品。下賤の宮女が主人以上に出世なさるなんて、本当に運がよろしいこと。ねえ?」

同意を求められた隣の女性が「全くですわ」と返す。程貴妃の腰巾着と言われている班徳妃だ。貴妃と年は同じくらい。体つきはふっくらしていて、随雲髻と呼ばれる高々と結いあげた髪が派手で目を引く。

「玉玲様は李才人の命令で北後宮へ赴いた折、殿下に見初められたのだとか。どこにでも行ってみるものね。位の低い人間の行動力はたいしたものですわ」

　嫌みに満ちた班徳妃の言葉に、玉玲は押し黙る。さすがにここで『恐れ入ります』はないだろう。二人ともきつい物言いに反して、敬称を使ってくれてはいるのだけれど。

　太子は四人まで妃をめとることができる。即位した後、太子妃は正一品、夫人の位にあがるらしい。四夫人は将来の皇后最有力候補だ。いずれは同等以上の位となりうる玉玲にいちおう配慮はしているのだろう。敵意はものすごく感じるけど。

「あなたたち、それ以上玉玲を侮辱するようなことを言えば許しませんよ」

　肩を縮めていると、皇后が夫人たちをたしなめてくれた。

「玉玲は太子が認めた唯一の女性。将来国母となりうる存在です。彼女が皇子を産めば――」

「あら、皇后様。いくら殿下のご寵幸が深かろうと、国母は無理ではないでしょうか。聞けば、玉玲様は旅の雑伎団出身の捨て子だとか。最近は誰かが入ってきたせいで乱れがちですが、本来我が暘帝国は血筋を重んじる国。もとの身分は重要ですわ」

　皇后の発言をさえぎるように、程貴妃が主張する。

「誰かが入ってきたせい。それは妾のことかしら？」

皇后はピクリと柳眉を震わせた。

「滅相もない。主上の妃嬪の中には、家格の低い人間が何人かおりますでしょう？　皇后様のご実家は由緒正しいお家柄。皇族の血縁者であるわたくしたちの実家より格は落ちますが。決して皇后様を指したわけではありませんわ」

笑顔で否定しつつ、程貴妃は意見の正当性を力説する。

「家柄が重要なことは、生まれる子が示しております。わたくしの子はあやかしを視認できる才能豊かな皇子。班徳妃の双子の皇子も宋賢妃の公主も、主上の目にとまるだけの霊力は備えております。家格の劣る妃嬪が産んだ子はどうでしょう？　それほどの力を持つ皇子、公主はいないではありませんか。皇后様が産まれた亡き第一皇子もまた――、ああ、失礼いたしました。これは完全に失言ですわ」

皇后の顔からは笑みが消え、もはや噴火寸前という形相だった。

「人間の女って怖いわね。身分が高かろうと低かろうと容赦ないわ」

玉玲の後方にいた漣霞が、啞然とした様子で感想をもらす。

これには、玉玲も思わず頷いた。まさか皇后と程貴妃の関係が、ここまでギスギスしたものだったとは。特に程貴妃の不遜さは想像以上だ。実家の身分が高いからなのか、格上の皇后に対しても言いたい放題。発言に容赦がない。

だが、皇后もただ黙ってはいなかった。

「もとの身分が低くても、霊力の高い皇子を産んだ妃嬪はいました。忘れたのかしら？　幻耀を産んだ林淑妃の存在を」

皇后の発言を耳にするや、夫人たちがそろって目を見開く。

「林淑妃はもとは妾の侍女。身分が低いにもかかわらず、あやかしを視ることができる稀有な存在でした。そのことを珍しがった主上のご寵愛を受け、幻耀を産んだ。母親の身分は子の霊力と関係ありません。我が国において太子となるのは、最も霊力が高く才能に恵まれた皇子。あなた方の子は、家格の劣る林淑妃の子に負けたのよ。おわかりかしら？」

皇后は勝ち誇ったような顔で夫人たちを見回した。

「それは、林淑妃自身が霊力を備えていたから。例外ですわ！　実際に、家柄のいい妃嬪が霊力に恵まれた子を産む確率は高いではありませんの！」

反論した程貴妃に続けて、班徳妃も主張する。

「そうですわ！　母親にも霊力があれば、同じ才能を備えた子が産まれるのは必定。こればかりは家柄というより、林淑妃の才能としか」

「では、あなた方は玉玲に才能があれば認めるというのね？　霊力に恵まれた子を産むことができれば」

「それは、子を産んだ場合の話になりますわね」

程貴妃の返事を聞いて、班徳妃も賛同するように頷いた。

「宋賢妃はいかがかしら？」

皇后が夫人の席の一番左側を見て問いかける。そこには、洗練された雰囲気をまとう女性が座っていた。彼女が三人目の夫人、宋賢妃。背が高く、すらっとした体つきをしていて、他の妃嬪より装いは地味だが、落ちついた空気と上品さを漂わせている。

宋賢妃は特に顔色を変えることもなく口を開いた。

「この国の太子は、家柄より才能を重視して選ぶことは確かです。優秀な子を産んだ場合は、認めざるをえないでしょう」

宋賢妃の答えを聞いて、皇后の口もとに笑みが戻る。

「だそうですよ、玉玲。ぜひ早いうちに幻耀の子を産んでちょうだい」

「恐れ入りま——じゃなくて、はいぃ？」

困惑しすぎて、困った時の呪文と吃驚の声がごっちゃになった。

玉玲は瞠目したまま、口をぱくぱくさせる。

程貴妃が玉玲に侮蔑のまなざしを向けて吐き捨てた。

「無駄な試みですわ。芸人崩れの捨て子に何の才能が——」

「この話は聞いていないようね。玉玲はあやかしを視ることができます。高い霊力を備えているの。だから、太子に見初められ、主上の承認も得られたのですよ」

得意げな皇后の言葉に、程貴妃と班徳妃は「まさか!?」と声をそろえる。

「林淑妃に続けて、あの子まで……？」

反応の乏しかった宋賢妃も、そう言って眉をひそめた。

夫人たちの反応に、皇后は満足そうな笑みを浮かべて続ける。

「玉玲も幻耀も、これ以上にない逸材ですもの。二人の間には、さぞかし霊力の高い子どもが産まれることでしょう。これで暘帝国も安泰だわ」

皇后の機嫌は、高笑いが聞こえてきそうなくらい絶頂だった。

玉玲はいたたまれなくなり、面を伏せる。自分は契約妃なのだ。こんなに期待をかけられては、後宮から出にくくなるではないか。幻耀の袖を引き、小声で訴える。

「ちょっと太子様、何とか言ってくださいよ」

「何とかとは何だ？」

幻耀も小声で返してきた。

「私に夜伽をさせるつもりはないとか。太子様の子どもを産むなんて、ありえないです」

「ありえない？　お前は俺のことが好きなのではなかったのか？」

幻耀の眉が少し不機嫌そうにゆがむ。

「好き、って。人間としてって意味ですっ。子どものことだけでも否定してください」

「この状況で本当のことを言えるはずがないだろう。今は話を合わせておけ」

「そんなっ」

こそこそと言い合う二人を見て、皇后がうれしそうに告げた。

「まあ、仲がよろしいことね。その調子で早めに世継ぎをもうけてちょうだい」

夫人たちの目つきはどんどん鋭さを増していく。反対側の席にいる九嬪まで。

敵意を剝き出しにする妃嬪たちを見て、玉玲は肩をすぼめた。自分がもし男児でも産もうものなら、彼女たちが皇后位を得る可能性は更になくなるだろう。もちろん産むつもりはないけれど。このままでは自分まで命を狙われかねない。

ビクビクしていると、殺気立っていた程貴妃が、やにわに笑みを浮かべて申し出た。

「皇后様、殿下が妃を迎えられたお祝いに贈り物がございますの。よろしいでしょうか？」

「……贈り物？」

「ええ、二胡の演奏を。京師一と名高い奏者を招きまして。聴いていただけますか？」

皇后は怪訝そうに程貴妃を凝視し、少しの間考えこむ。程貴妃を疑っているのは明白だった。

「いいわ。呼んでちょうだい」

断る口実が見つからなかったのか、皇后は眉をひそめたまま承諾する。

ほどなくして、二胡を携えた襦裙姿の女性が宦官に導かれてやってきた。

「あまり近づきすぎないように。そのあたりならいいわ」

皇后は駆けつけてきた奏者に注意し、演奏場所を指定する。

自分たちのいる天幕からかなり離れた場所だ。暗殺を警戒していることがうかがえる。

　皇后に命じられ、奏者はうやうやしくお辞儀をしてから弓と弦に手をかけた。

　歌うような二胡の音色が、宴の場に漂っていたよどんだ空気を押し流す。

　曲目は『麗春情歌』。若い男女の恋模様を描いた民謡だ。婚礼の宴では定番と言える曲。

　さすが京師一の奏者と紹介されただけのことはあった。単調に聞こえがちな序盤の旋律を、華やかかつ情感豊かに歌いあげている。

　甘い調べが男女の出会いを幻想させ、思わず胸がときめいてしまうほどだ。

　奏者自身、曲に酔いしれ、とても何かを仕かけてきそうな様子は見られなかった。

　皇后の心配は杞憂に終わりそうだ。玉玲がそう安心しかけた矢先。

　キィーンという調子外れな高音が、なごみかけた宴の空気を裂く。

　男女の恋愛が盛りあがり、まさに曲も最高潮に達しようとしていた時の惨事だった。

　二胡の弦が切れたのだ。不吉な出来事に、皇后は顔をひきつらせ、広場には緊張が走る。

「申し訳ございません！　弦が切れまして、これ以上は演奏できません。何とぞお許しを！」

　衆人の視線を一身に浴びた奏者は、地面に額をこすりつけ、皇后に向かって慈悲を乞うた。

「あらあら、運が悪いこと。仕方ありませんわね。弦が切れたんじゃ。下がりなさい」

　悪びれることなく告げた程貴妃に、皇后はまなじりをつりあげて問責する。

「あなた、太子の祝宴に泥を塗って、それで済ますつもり!?」

程貴妃は「はぁ」とため息をつき、気だるげに頭を軽く下げた。

「奏者が無礼を働き、お許しください。楽器の管理が行き届いていなかったようで。奏者には後で罰を与えますわ。祝宴の場を汚すわけにはまいりませんから」

「楽器の管理ですって？　途中で弦が切れるように仕組んだのでしょう！　あなたは二人の婚姻にケチをつけたくて――」

「まあ。どこにそのような証拠がございますの？　言いがかりですわ。皇后ともあろうお方が、夫人にいわれなき罪を着せるなんて。器の小ささとお里が知れましてよ」

皇后は怒りをあらわに卓子を激しく叩いて起立する。

「もう我慢ならないわ！」

「義母上」

程貴妃のもとへ向かう皇后を止めようと、幻耀が立ちあがりかけた時だった。

「玉玲、伏せろ！」

どこからか響いた莉莉の声に反応して、玉玲はハッと正面を向く。

離れた場所に立つ杉の木から、輝く何かが一閃した。

「太子様！」

玉玲はとっさの判断で幻耀の体を突き飛ばす。

目の前を猛烈な速度で光が奔り抜けた。

――ドスン！

天幕を支えていた柱に矢が突き刺さる。

「きゃあ――っ！」

近くにいた皇后が悲鳴をあげた。

玉玲は幻耀の盾となるよう体に覆い被さり、矢が飛んできた杉の木を見あげる。

追撃は不可能だと判断したのか、黒い影が園林の奥へと去っていく。

玉玲は近くの茂みに莉莉の姿を見つけ、とっさに声をあげた。

「莉莉、追って！」

「まかせろ！」

すぐに莉莉が返事をして、黒い影を追っていく。

妃嬪たちの悲鳴が立て続けにあがり、宴の場は騒然となった。

我に返った玉玲は、身を伏せていた幻耀にあわてて問いかける。

「大丈夫ですか、太子様!?」

幻耀は肩を押さえながら、ゆっくりと起きあがった。

「ああ、お前のおかげで何とかかな」

幻耀の肩に少しだけ血がにじんでいる。どうやら、矢は肩をかすめただけのようだった。刺客は彼の心臓を狙ったのだろう。突き飛ばすのが少し遅れていれば、急所に命中していたかもしれない。とりあえず軽傷のようでよかった。

ホッと息をついた玉玲だったが、次の瞬間──。

「太子様⁉」

突然地面に倒れこんだ幻耀を見て、悲鳴に近い声をあげる。

幻耀の顔からは、どんどん血の気が失せていた。

「毒よ！　きっと矢に毒が塗られていたんだわ！」

漣霞が泣きそうな顔で幻耀の方へと駆け寄りながら叫ぶ。

「すぐに医官を！」

幻耀の近くに控えていた文英が、誰にともなく指示を出した。

「ああ、幻耀！　嫌です、幻耀！」

皇后は泣きじゃくりながらくずおれ、完全に取り乱している。

玉玲は努めて冷静になって幻耀の上衣をはだけさせた。そして、胸の下に結んでいた自分の帯をほどき、幻耀の肩から脇を固く縛る。毒が心臓まで回らないようにするために。毒蛇にかまれた際の処置だが、そう間違ってはいないはずだ。

更に、傷口へと口を寄せ、血と一緒に毒を吸い出した。

「太子様、お気を確かに！　私が必ず助けますから！」

勇気づけるように声をかけながら、すみやかに処置を続ける。

何とか意識を保っていた幻耀だったが。

「……玉……玲……」

うつろな目で名を呼ぶや、瞼を落とし、そのまま動かなくなった。

「太子様？　太子様！」

玉玲は体を支えながら、必死に呼びかける。

だがその日、幻耀が目を開けることはなかった。

❖

襲撃を受けた後、幻耀は直ちに乾天宮の臥室へと運びこまれた。

もちろん、宴は中止。警備や捜査にあたる宦官以外は南後宮へと帰された。

皇后は憔悴のあまり南後宮で倒れたという。

玉玲は胸を痛めながら、臥牀に横たわる幻耀の手を握りしめていた。

医官の話によると、初期対応が早かったおかげで大きな危機は脱したが、まだ予断を許さない状態らしい。幻耀がこの後、目を覚ましてくれるかどうか心配でたまらない。

ひたすら回復を祈っていると、そばにいた漣霞が疑念と憤りをあらわに言った。

「警備は厳重だったのよね？　なのに、どうしてあんな場所まで刺客が入れたのよ！」

それは玉玲も疑問に思ったことだ。随所に見張りが配備されていたのに、矢が飛んできたのは、幻耀のほぼ正面。少し離れた園林に立つ杉の木からだった。

玉玲は漣霞と同じ疑問を、臥牀のそばに控えていた文英にぶつける。

文英は面目なさそうに瞼を伏せて答えた。

「もちろん、園林にも大勢の人員を配していたようなのですが。刺客が逃げた後、警備の人間は全てそろっていたようですし、どこかからまぎれこんだとしか……」

刺客がどうやって警備の目をかいくぐり、射程範囲まで潜入できたのか、彼も不思議に思っていたのだろう。文英の回答は歯切れの悪いものだった。

刺客を野放しにすれば、また幻耀の命が狙われることになる。

彼の身を案じながら、刺客について思いを巡らせていた時だった。

「玉玲！」

外から響いた声にハッとして、玉玲は窓へと視線を向ける。

「莉莉！」

窓の外から莉莉が、コンコンと硝子を叩いていた。

玉玲の部屋へ遊びにきた時、彼はいつもこれをやる。

玉玲はすぐに臥室の窓を開け、莉莉を迎え入れて尋ねた。

「どうだった？　逃げた刺客は？」

莉莉は困惑した表情で答える。

「途中までは追えてたんだ。でも、突然消えた。霧みたいに」

「……消えた？」

「玉玲、やつは絶対に人間じゃねえ。あやかしだ！」

莉莉がもたらした驚愕の答えに、玉玲は大きく目を見開いた。

莉莉の言葉を疑うわけではないが、信じたくない思いで確認する。

「間違いないの？　刺客があやかしだなんて」

「ああ。見た目は人間だったけどな。人の動きでも気配でもなかった。間違いねえ」

玉玲の言葉を聞いた文英が、怪訝そうな顔で口を挟んだ。

「あやかしですか？　確かに、刺客があやかしであれば、誰にも気づかれず射程範囲に入ることはできるでしょう。ですが、門や塀にはあやかしをはねのける呪符が貼られており、北後宮に出入りすることは不可能です。事件の後、見回りを担当した太監に話を聞きましたが、呪符が破られた形跡はないとのこと。外からあやかしが侵入した可能性はありません。あやかしが刺客だとすれば、もとからここに住んでいる護符を与えられた者ということになりますよ？」

確かに、あやかしは北後宮中に貼られた呪符のせいで力を封じられ、人に変化することはできない。変化できるのは、呪符がきかなくなる護符を与えられたあやかしだけ。

莉莉がただひとりの該当者を見る。

「漣霞しかいないよな」

玉玲は即座に反論した。

「漣霞さんのわけないじゃん！　漣霞さんは事件が起きる前からずっと私たちの近くにいたんだし。誰よりも太子様のことを思っている彼女が、そんなことするわけない！」

断言する玉玲を、漣霞は感慨深そうに見つめる。

「……玉玲」

「わかってるって。言ってみただけだろ。他に該当者が思い浮かばなかったから」

若干しょげぎみの莉莉に、玉玲はすぐに冷静さを取り戻して謝った。

「そうだよね、ごめん。ちょっと熱くなっちゃって」

今は仲間と言い争っている場合ではない。

即座に気持ちを切り替え、刺客について思考を巡らせる。

「護符を与えられたあやかしが、太子様の命を狙ったってことで間違いないんだよね。人に変化しなければ弓は引けないし。でも、どうやって護符を手に入れたのかな？　今は漣霞さんしか持っていないんだよね？」

「そうよ。昔は呪符の効果が今より弱くて、厳重に管理されてなかったから、妖力の強いあやかしなら変化できたけど。今は護符がなければ絶対に無理ね。護符を与えられたのはあたしだけだから、人に変化できるあやかしが他にいるとは考えられないんだけど」

「でも、太子様以外の誰かが、あやかしに護符を与えていたら変化できるんじゃない？　北後宮に入ることはわりと簡単だし」

北後宮へ初めて入った時の記憶が脳裏をよぎる。北と南を隔てる後宮の塀には見張りがおらず、木を伝って簡単に侵入することができた。他にそんな芸当ができる女性がいるとは思えないし、入りたい人間もいないだろうけど。南後宮から梯子を通して塀にのぼり、その梯子を回収して北後宮側へおろせば、誰でも出入りが可能になる。

「確かに、北と南を隔てる塀からであれば潜入は可能ですね。後宮全体を囲う外壁の方は、高すぎるうえに警備も厳重なので不可能ですが。しかし、あやかしに護符を渡すという行為は、霊力を備えた人間でなければできませんよ？」

疑問を向けてきた文英に、玉玲は神妙な面もちで頷いた。

「そうなりますよね。あやかしとやり取りができる人間じゃないと」

頭の中でこれまでの話を整理する。

人に変化できるあやかしが現れたということは、共犯者である人間がいるということだ。呪符や護符は道士でも作成できると聞く。共犯者は北後宮へ潜入し、どこかから入手した護符をあやかしに渡した。護符のおかげで変化できるようになったあやかしは、人には視えないことを利用して幻耀の命を狙った。そう考えれば、全ての辻褄が合う。

共犯者は、あやかしが視える霊力を持った人間。かつ後宮に出入りできる関係者だ。

「南後宮であやかしが視える人間って、どれくらいいるんですか？」

まずは共犯者をしぼりこむため、文英に確認する。

「そうですね。班徳妃の公主、宋賢妃の公主、関昭儀の公主、呉淑妃の皇子でしょうか」

「呉淑妃の皇子？」

男性は皇子であっても南後宮には入れないはずだけど。

玉玲の疑問に、文英がすぐに答えてくれる。

「呉淑妃は幻耀様のご生母・林淑妃の後釜として夫人になられたお方。ですが、呉淑妃も三ヶ月前の瘧でお隠れになりました。彼女は今年八つとなられる第十三皇子を遺されています。皇子ではありますが、ご幼少のため後宮内での生活を許されているのです」

なるほど、と玉玲は納得する。そういえば、今日の宴の席にも淑妃だけはいなかった。宮女たちの噂話で、淑妃は亡くなったと聞いていたが、子どもはいたのか。

まだ八つということであれば、共犯者である可能性はかなり低いだろう。幼子が北後宮に潜入して、あやかしに護符を与えるとは考えにくい。やはり、霊力のある皇子や公主を擁する夫人たちが怪しいか。一番疑わしい貴妃の名前は出てきていないけれど。

玉玲は程貴妃に焦点をしぼって推察する。彼女は幻耀が襲われる直前に、手の込んだ『贈り物』を寄こしてきた。ただの嫌がらせ、もしくは偶然ということもありえるが、幻耀を油断させるために仕組んだ謀の可能性も皆無ではない。

「程貴妃には確か、霊力の高いご子息がいるんでしたよね？　太子様の一つ上の第四皇子でしたっけ？　彼が最近、後宮に出入りした形跡はありませんか？」

「ああ、あります。半月ほど前、瘧が発生した折に。霊力のある皇子はみな、瘧鬼を退治するために南後宮への出入りを許されていましたので。彼ならば、隙をついて北後宮へ潜入することもできたでしょうね。霊力のある他の皇子にも同じことが言えますが」

つまり、皇后と太子の座を狙っている妃嬪及び皇子には、共謀が可能だったというわけか。

結局、怪しい人間に対する疑いが深まったばかりで、推理の決め手がなかなか見つからない。

「共犯者をしぼりこむことは難しそうですね」

ため息をついてこぼした言葉に、文英は「そうですね」と賛同する。

「あやかしが実行犯で人間の共犯者がいるとすれば、捜査の仕方も変わってきます。私はこのことを捜査の関係者に伝えてまいりますね。北後宮に出入りした人間について洗ってみます」

「はい、お願いします」

拱手して去っていく文英を、玉玲は不安な心境で見送った。犯人は最低でもふたりいる。あやかしの方は特に捕まえるのが難しそうだ。普通の人には視えないのだから。

「おいらも、最近お前たちの他に人間を見かけなかったか、仲間たちに訊いてみるわ」

思い悩んでいたところで、莉莉がそう言って踵を返した。

「莉莉！」

玉玲はとっさに彼の名前を呼んで引きとめる。

「ありがとう。私たちのために宴の会場を見張ってくれていたことも。莉莉がいなかったら、気づくのが遅れて大変なことになっていたと思う」

全然協力するそぶりを見せなかったのに、莉莉はずっと隠れた場所から見守ってくれていたのだ。そのうえ、玉玲の要請に応じ、刺客を追跡してくれた。刺客は普通の人間で、莉莉を視認できないと判断してのことだったが、危険な行為だったかもしれない。

感謝と反省が入りまじった顔をする玉玲に、莉莉は二股のしっぽを向けたまま主張した。

「別に。お前にはいつも飯食わしてもらってるから、恩を返しただけだ。太子のためとかじゃねえし。犯人について調べるのも、一度探偵ってのをやってみたかっただけだ。好奇心からであって、太子のためでもお前のためでもねえっ」

素っ気ない物言いをする莉莉に、漣霞がにやにやと笑って告げる。

「あら、今度は探偵ごっこ？　猫が気取っちゃって、かわいいわね」

「猫じゃねえっ！　なめんなよ！　絶対おいらが犯人を捕まえてやるからな！」

目を三角にして宣言すると、莉莉は意気込みをあらわに窓から駆け去っていった。

漣霞が莉莉をからかったのは、やる気と闘争心をあおるためだったのかもしれない。

頭脳派を自称している漣霞に、玉玲は期待を込めて尋ねる。

「犯人、見つかるかな？」

「どうかしらね。これまでにも似たようなことがあったけど、犯人が捕まったことはなかったから。第二皇子が幻耀様を直接手にかけようとした件は、例がちょっと違うし」

第二皇子の話を思い出し、玉玲の胸はうずいた。

どうして幻耀の命ばかりが狙われるのだろう。第二皇子なんて実の兄なのに。

「第二皇子が太子様を襲ったのは、皇位が欲しかったから？」

「そう聞くわね。昔は親しい間柄だったから、相当衝撃が大きかったんでしょう。あれ以来、幻耀様はますます周りに人を寄せつけなくなっちゃって」

「親しい間柄だった？」

「ええ。第二皇子の母親は、彼がまだ小さい時に亡くなったのよ。それで、幻耀様の母親が何年か第二皇子を養育してたから。幻耀様とは十年が離れてたんだけど、子どもの頃は第二皇子が幻耀様の面倒を見たり、あやかし退治の教育をしたりもしていたわ。第二皇子は母親を瘧で失ったせいか、あやかしに対して非情でね。逆に幻耀様はあやかしにも優しかったから、第二皇子のように変わってしまった時は、本当に悲しかったわ」

昔のことをまざまざと思い出したのか、漣霞は暗い表情でこぼし、深いため息をついた。

「太子様が変わってしまったのは、お母様のこともあったから？」

「それが一番大きな理由でしょうね。幻耀様のお母様を殺したのは、彼が信頼していたあやかしだったのよ。人間に変化できるくらい妖力があって、お母様とも親しい樹妖だったわ」

玉玲は胸を衝かれる。よりによって、幻耀の母親を殺したのがそんなあやかしだったなんて。きっと知らない誰かの手にかかるより、受けた衝撃と悲しみは大きかったはずだ。

「樹妖って、桃や梅とかに宿る樹木を主体にしたあやかしのことだよね。どうしてその樹妖は、太子様のお母様を殺したの？」

「ただ憎らしかったから。そう供述したらしいわ。その言葉も最悪だったわね。あやかしは衝動的に殺す悪者だっていう認識を幻耀様に植えつけてしまったのよ。信頼していても簡単に裏切る存在なんだってね」

これまで幻耀に言われた言葉の数々が、玉玲の脳裏に甦る。

『あやかしは狡猾で残忍な生き物だ。平気で人をだまし、殺すことだっていとわない』

『やつらは簡単に人を傷つけるぞ。油断すれば、すぐに牙を剝く』

だからだったのだ。彼があやかしに対して厳格なのも、何も信じられなくなったのも。親しかった人やあやかしに裏切られたから。

「お母様を殺した樹妖は、その後どうなってしまったの？」

「幻耀様が妖刀で斬って滅したわ。当時は太子だった皇帝に命じられて。仕方のない処罰だけど、まだ十歳だった幻耀様に手を下させるなんて、ひどい父親だと思ったわ」

目を見開く玉玲に、漣霞は次第に憤りをみなぎらせながら話し続ける。

「第二皇子の冷酷さは父親ゆずりね。当時、皇帝は病がちだった先帝の代わりに政務を執ってたから、北後宮の管理は第二皇子にまかせていたの。もう最悪だったわよ。ちょっとしたことで斬られるし、まさに恐怖政治だったわ。今の方がだいぶまし。せっかく幻耀様が太子に指名されて、あんたと出会って少し変わったように思えたのに。こんなことになるなんて」

話が終わる頃には、漣霞の双眸に悲しみの色が戻っていた。

玉玲はいつの間にか震えていた手を握りしめる。

何て悲しく残酷な過去なのだろう。これでは、誰も信じられなくなっても無理はない。

彼が胸に受けた疵の痛みや葛藤を思うだけで、目に熱いものがこみあげてくる。

涙をこらえるように瞼を伏せていると、すぐそばからかすかな声が聞こえてきた。

「……うっ」

幻耀がこぼしたうわごとだと気づき、玉玲は顔を近づけて呼びかけてみる。

「太子様？」

幻耀は目を閉じたまま、苦しそうにつぶやいた。

「……はは、うえ……」

もしかしたら、母親の夢を見ているのかもしれない。つらい過去の夢を。

玉玲はとっさに幻耀の手を両手で握りしめた。

「大丈夫です。太子様を決して一人にはしません。私がずっとそばにいて、あなたのことを守ります。だから、今は安心して眠ってください」

不安を取りのぞくように、努めて優しい声音で語りかける。穏やかな夢となるように。

彼をこれ以上苦しめたくない。いつでも笑っていてほしい。

だから、幻耀のためにできることがあるなら何だってしよう。自分が全力で彼のことを守る。

思いを新たにしながら幻耀の手を握りしめていると、漣霞が静かに歩き出した。

「漣霞さん？」

どこに行くのだろうと、玉玲は彼女を呼びとめる。

「あたしは宮殿の入り口を見張ってる。刺客があやかしだったら、普通の人間を見張りに置いていても意味がないでしょ。視えないんだもの。あたしがあやかしを監視してるから、あんたはそばにいて、幻耀様を守りなさい。いいわね？」

漣霞は背中を向けたまま、素っ気なく言った。

「うん。漣霞さんもありがとう」

玉玲は率直に感謝の気持ちを伝える。たくさん話を聞かせてくれたこと。幻耀を守ろうとしてくれていることも。彼女がいてくれて、本当に心強い。

「別に。幻耀様のためだから。あんたに礼を言われる筋合いはないわよ」

漣霞はいつものようにつんとして返し、部屋を出ていった。

こんな夜でも仲間たちがいてくれるから、絶望せずに過ごすことができる。

あとは幻耀が回復してくれたら。祈るような気持ちで、眠る彼の顔を見つめる。

気持ちが通じたのか、幻耀の表情が少しだけ穏やかになった。
苦しそうな息づかいもうわごとも、もう聞こえてこない。きっと悪夢は去ったのだ。
玉玲は幻耀の右手を握りしめたまま、ひたすらに願う。
どうか彼に平穏を。これから見る夢も未来も、明るいものとなるように。

✿

いったい今、どこにいるのだろう。
幻耀は母親を捜していた。今日は一緒に漣霞と芝居を観る約束をしていたのに。
約束の時間が迫っているというのに、部屋にも宮殿の周りにもいない。
きっとあそこだ。母がよく遊びにいく西の園林。仲のいい樹妖が暮らしている場所。
幻耀は夕闇が迫る薄暗い路を、明かりも持たずに歩いていた。
気の強い漣霞のことだ。きっと遅れたら文句を言われる。早く母を呼んでこなくては。
思った通り、母は桃の木が並ぶ西の園林にいた。桃の樹妖の雪艶と一緒に。
『母う――』
呼びかけようとして、幻耀は言葉を呑みこんだ。
母の様子が尋常ではなかったから。雪艶の方も。

『……母上。雪艶……？』

母は口から血を流していた。そして、胸には短刀が。

その柄を雪艶が握りしめている。突き立てるように、強く。母の胸へと。

『うわぁぁぁぁ――――っ！』

幻耀は真っ青になって叫んだ。意味がわからない。母が胸を刺されている。

雪艶が柄を握って、更に胸の奥へ――。

彼女が何をしているのか理解できない。だが、叫ばずにはいられなかった。

母の胸に赤く咲いた花が、大きく広がっていったから。

すぐに警備を担当している宦官が駆けつけてきた。どんどん人が増えてくる。

だが、雪艶は母のもとを離れなかった。逃げようともしなかった。彼女なら簡単に消えることができるのに。おとなしく兄たちに捕まり、連行されていったのだった。

その時の光景が頭から離れない。何年たっても。胸を蝕んで訴える。あやかしを信じるなと。

信頼してもいずれ裏切るから。母を殺した雪艶のように。

もう何も求めないから。誰も信じないから。どうか楽にしてほしい。

つらい。悲しい。胸が苦しい。なぜか周りは暗くて何も見えない。寂しくて仕方がない。

この闇の中で苦しみもだえながら生きなければならないのだろうか。たった一人で。

出口の見えない闇と苦痛に絶望しかけたその時、どこからか声が聞こえた。

『大丈夫です。太子様を決して一人にはしません。私がずっとそばにいて、あなたのことを守ります。だから、今は安心して眠ってください』

優しく慈しみに満ちた声だった。

声が聞こえるやいなや、徐々に周囲の闇が取り払われていく。

胸の苦しみも少しやわらいだ。なぜか手が温かい。母に握ってもらっているかのように。

その安心感が、不安や孤独を体から遠ざけていく。

今度は口に熱を感じた。柔らかく唇を包み、何かが体内へと流れこむ。まるで体を癒やす天上の果実のように。蜜のように甘い液体が、全身へと染み渡っていく。

そこからは、もう悪夢も苦痛も襲ってこなかった。安らかな眠りに支配される。

幻耀は右手にだけ熱を感じながら、その微睡みに身を委ねたのだった。

小鳥のさえずりが鼓膜をくすぐり、意識を呼び覚ます。

瞼を開けると、幻耀の臥室は朝焼けの光に包まれていた。

知らぬうちに眠ってしまっていたようだ。夜更けに一時熱があがり、苦しそうにしていたが、薬を飲ませてからは表情が穏やかになったため安心し、睡魔に負けたのだろう。

玉玲は、臥牀に横たわる幻耀の様子を観察する。

顔には血の気が戻り、呼吸も安定していた。熱も夜更けよりだいぶ下がっている。

「よかったぁ」

玉玲は安堵の言葉と吐息をもらし、握っていた手を放そうとした。すると、

「……玉、玲……？」

すぐ近くから聞こえた声にハッとして、動きを止める。幻耀がわずかに瞼を開いていた。

「太子様？　目が覚めたんですね！」

玉玲は喜びの声をあげ、放しかけていた手を握りしめる。

安定した状態で目覚めれば安心できると、医官が話していた。もう大丈夫だろう。

思わず手に力を込めていると、幻耀が眉をひそめて訊いてきた。

「ずっと握っていたのか？」

我に返った玉玲は、直ちに手を放す。

「あっ、すみません。こうしていたら、少し表情が楽になったように思えたから」

手を握りしめて励まし続けていたら、うなされることはなくなった。これは本当だ。

そのことに関しては特に追及することもなく、幻耀は周囲を見回して尋ねた。

「この状況は……？」

「覚えてませんか？　太子様は宴の席で毒矢を射られて倒れたんです。すぐにここへ運びこま

れ、昨日からずっと眠っていて、ようやく目が覚めたところでして」

玉玲はできるだけ簡潔にこれまでの経緯を説明する。

幻耀は記憶を探るように頭を押さえてつぶやいた。

「お前がずっとつき添っていたということか」

「ええ、まあ。放ってはおけませんでしたから」

「そこにある薬は？」

近くの卓子に置かれた薬包を指さされ、隠したいことがあった玉玲は内心ドキリとする。

「解毒剤と解熱剤です。毒味は私がしたので、大丈夫ですよ」

ぎこちない笑みを浮かべる玉玲に、幻耀は怪訝そうな視線を向けた。

「俺が自ら飲んだのか？　意識のない状態で」

「……いえ、私が飲ませました。水に溶けこませた薬液を」

「軍持を口に突っこんでか？」

「……一度は、そうしたんですけど。薬液がどんどん口からこぼれてしまいまして……」

玉玲はたどたどしく答え、先を続けられなくなって口ごもる。

「それでどうした？　はっきり言え」

追及する幻耀の目と口調に鋭さが増した。

薬を飲んだ方法にそこまでこだわらなくてもいいのに。そう思いつつ、隠し通せないと判断した玉玲は、観念して口を開いた。

「僭越ながら、別の手段で飲ませました。……その、口移しで」

最後の言葉を聞いたとたん、幻耀の目が胡桃のような形になる。

単に驚いているだけなのか。それとも、唇を奪われて怒っているのか。

「仕方がなかったんです！　他に手段が思い浮かばなかったから。これは歴とした医療行為です！　だから深く考えないで。どうかお許しください！」

玉玲は必死に弁明し、勘気にふれることを恐れて謝罪する。

「何回だ？」

「……は？　何が？」

「薬を飲ませた回数だ」

「え、えーと、倒れた後に解毒剤が一回。真夜中に解熱剤が一回です。熱が出て、少し苦しそうだったので」

幻耀は若干衝撃を受けた様子で口もとを押さえた。

「二回もか」

「だから医療行為ですよ!?」

玉玲は真っ赤になって訴える。薬を飲ませる時も、自分にそう言い聞かせたのだ。変な意識をするのはやめていただきたい。

興奮する玉玲に、幻耀はあくまで冷静な態度で問う。

「初めてだったのか？」

「……は？　何が？」

「接吻がだ」

「だから医療行為ですって！　接吻はしたことがありません！　あれは純粋な接吻として数に入りませんから！」

玉玲は断固として主張した。年の離れたむさ苦しい男たちとずっと旅をしていたから、恋愛経験なんて全くない。それらしい思い出といえば、十二年前、笑顔の素敵な少年に救ってもらって、約束を交わしたことくらいだ。

「太子様はあるんですか？」

自分ばかり恥ずかしい話をするのも悔しくなって尋ねる。

「何がだ？」

「接吻ですよ！」

——言わせんなっ。

「さすがにありますよね。十八歳の男性だし」

「いや、ない。近づいてくる女は大勢いたが、相手をしている余裕などなかったからな」

意外な答えに、玉玲は驚きつつ少しホッとする。なぜ安心したのかよくわからないけど。

「それは申し訳ありませんでした。初めての相手が私なんかで」

「医療行為なのだろう？　気にするな」

——ぐっ。何も言葉が出てこない。

口ごもっている間に、時間だけが過ぎていく。どうにも沈黙が落ちつかない。

「太子様、そろそろおなかがすきません？　食事でも用意しましょうか？」

空気を変えるために提案した玉玲だったが、すぐに愚かなことを訊いてしまったと反省する。

幻耀は異様なほど毒を警戒しているのだ。昨日のようなことがあれば尚さら、後宮での食事は避けたいと思うはず。

「ああ、すみません。後宮では食事を取らないのでしたよね。薬は何か食べてから飲んだ方がいいと思ったものですから」

「いや、いい。用意してもらおう」

「用意って、薬をですか？」

目をしばたたく玉玲に、幻耀は素っ気なく答える。

「食事だ。お前の作ったものなら食べる。この体で町に出るわけにもいかないからな」

言葉の真意がすぐには理解できず、玉玲はしばらく瞠目したまま考えこんだ。

今、食べると言った？　玉玲の作ったものなら、と。それはつまり——。

「はい！　では、さっそくご用意します！」

玉玲は笑顔で返事をし、部屋から飛び出していく。

彼にとって、食事をまかせるということは、命を預ける行為に等しい。つまりは玉玲を信用してくれたということだ。そう思うと、うれしくてたまらなかった。

玉玲は厨でお粥を作り、意気揚々と幻耀の臥室に戻った。

彼の前に出したのは、七種の薬草に卵と干し海老を加えて炊いた薬膳七草粥。

幻耀は何も言わずにお粥を口にした。

体のことを一番に考えて作った薬膳なので、食べてもらえるだけでもうれしいけれど。

「いかがでしょうか？　お口に合いませんでしたか？」

七割がた食したところで、おずおずと感想を訊いてみる。

幻耀は味わうようにゆっくり口を動かしてから答えた。

「悪くない。食事をして久しぶりに味がした」

その言葉を聞いて、玉玲はうれしさより胸に痛みを覚える。

彼はきっと食事をわずらわしいものだととらえていたのだ。だから味など感じない。死なないために仕方なく摂取していただけ。過酷な環境が、幻耀から味覚まで奪った。

ならば、取り戻したい。もっと。彼に食事の楽しさを。おいしい料理に出会う喜びを。

「太子様、これから毎日、あなたの食事を作ってはだめでしょうか？」

玉玲は意気込みをあらわに訴える。

「長身のわりに全然肉がついていらっしゃいませんし、城の外でもろくに食べていないのでしょう？　体力がいる仕事をされているのに、そんなんじゃ体が持ちませんよ。せめて朝と夜だけでも、私の手料理を食べてもらいたいのですが」

食事の必要性に重点を置いて説得してみるも、幻耀はなかなか反応を示さない。

「不安でしたら、あなたの前で作った料理を毒味してご覧にいれます。ですから――」

「いや、いい。そんなことをする必要はない」

速攻で拒絶され、玉玲は肩を落とした。それも束の間のこと――。

「お前の作ったものなら食べる。そう言っただろう」

若干投げやりな声が耳に入り、すぐに顔をあげる。彼が拒絶したのは毒味をすることであって、つまりは受け入れてくれたのだ。

「はい！　では、これから毎日、あなたの食事のお世話もさせてもらいます！」

玉玲は力強く宣言して、幻耀に全開の笑顔を向けた。

しばらく玉玲を眺めていた幻耀だったが、ふいに視線をそらし、食事を再開させる。

こういった反応は、これまでにも何度か見たような。

もしかして、照れたのだろうか。非常にわかりにくいけど。

食事の様子をじっくり観察していると、幻耀は少しだけ表情をゆるめてこぼした。

「優しい味がするな。俺が昔風邪で伏せっていた時、母が作ってくれた粥に似ている」

とても光栄なほめ言葉を聞いて、玉玲はうれしさに胸が熱くなる。

今の幻耀は、心を閉ざしていたこれまでの彼とは雰囲気が違う。春の湖のように穏やかで優しげな空気をまとっている。変わったというより、こちらが本来の幻耀なのだろう。

今の彼になら、訊ける気がする。

「太子様はどんな子どもだったんですか？」

玉玲はさりげなく尋ねた。彼が隠している過去について。本当はずっと知りたいことだった。

幻耀はゆっくりと瞼を伏せていき、静かに口を開く。

「浅はかだった。バカみたいに周りを信じて、自分が望めば何でもできると思っていた。約束を守る力もないのに。無力で身のほど知らずな愚か者だ」

「……太子様」

彼の苦悩と悔恨の念を感じ取り、玉玲はそれ以上何も訊けなくなってしまう。

「今は昔の話などどうでもいい。それより詳しく聞かせてくれ。俺が倒れた後の状況を」

幻耀は過去を断ち切ろうとするかのように首を振り、玉玲の目を見て訊いた。

確かに、今は昔のことを振り返っている場合ではない。彼の身に危険が迫っているのだ。

玉玲は気持ちを切り替え、これまでのことを幻耀に報告する。後宮や捜査の状況。刺客があやかしだったこと。刺客に護符を与えた人間の協力者がいることも。

「今、文英さんと猫怪の莉莉に、そのあたりの捜査を頼んでいるところなんです」

幻耀が「猫怪に？」と言って、意外そうに目を瞬かせる。

「あやかしも捜査に協力しているのか……？」

「はい。莉莉は私たちに危険を知らせてくれましたし、刺客の後も追ってくれたんですよ」

感じ入った様子で押し黙る幻耀に、莉莉のことを話していた時だった。

「幻耀！」

部屋の外から女性の声が響くと同時に、勢いよく扉が開く。

「ああ、幻耀！」

上体を起こしている幻耀の姿が目に入るや、皇后が相好を崩して駆け寄ってきた。

髪はおろしたままで、格好は夜着の上に霞帔を羽織っているだけ。幻耀が目覚めたという報告を聞いて、取るものも取りあえず駆けつけてきたようだ。

皇后のもとへ知らせにいってもらっていた文英も、少し遅れて部屋に入ってくる。

臥牀のそばまで寄ってきた皇后は、幻耀の頬に手を添え、目に涙を浮かべて言った。

「本当に無事でよかった。お前まで失うことになれば、妾は生きていけないところでした」

泣きそうな顔をする皇后に、幻耀は肩をすくめて返す。

「大げさですよ、義母上。いくら義母上が私の後ろ盾をしているからとはいえ」

「政治的な話など関係ありません！　血がつながっていないとはいえ、お前は妾の息子。姉妹のように仲のよかった林淑妃が亡くなってから、妾はお前を実の息子と思い、養育してきたのです。このような形でお前を死なせてしまっては、冥府にいる林淑妃に顔向けできません。お願いですから、妾を置いて死ぬようなことだけはしないでちょうだい」

皇后はどれだけ幻耀を思っているか切々と訴え、褥の上に涙をこぼした。

これには、幻耀も顔に反省の色を見せる。

「申し訳ありません。義母上に二度とご心配をおかけしないように努めます」

皇后は頬に涙を滴らせたまま頷いた。

麗しい親子愛に、玉玲はもらい泣きしてしまいそうになる。

幻耀の方は実にさっぱりしたもので、すぐに文英の方を見て、捜査の状況を確認した。

「文英、今どれだけ情報が集まっている？　容疑者はしぼりこめたのか？」

文英は面目なさそうに視線を落として答える。

「申し訳ございません。怪しい人間はいるのですが、証拠はまだ摑むことができず」

「……怪しい人間。それは、程貴妃のことね？」

「さようにございます」

「血筋を鼻にかけるあの女狐っ、よくも妾の幻耀を！　二胡の演奏による茶番は、貴妃が幻耀を暗殺しようとして仕組んだ謀略に違いないわ！　捜査の関係者にしっかり伝えてちょうだい！　貴妃を拷問しても構わないわ！」

かしこまっている文英に、皇后は怒りをあらわに命令した。

「義母上、落ちついてください。程貴妃の父親は尚書省の長です。先々帝の従兄弟でもある。証拠もないのに拷問などすれば、彼が黙ってはいないでしょう」

「程貴妃の実家に配慮して、何度我慢をしてきたの！　これまであなたを暗殺しようとした事件も、そうやって闇に葬られてきたのよ？　今度ばかりは妾も――」

「大丈夫です、義母上。私も泣き寝入りするつもりはありませんから」

息巻く皇后の言葉を押しとどめるように告げ、幻耀は玉玲に視線を向ける。

「玉玲、捜査に協力しているという猫怪を連れてきてくれ。訊きたいことがある。文英は護符を作成した人間について調べてほしい。城や町にいる道士、もしくは霊力のある皇族の中にいるはずだ。誰かに依頼されたのか、自ら使うために作成したのか、どちらかはわからないが。作成した人間を突きとめれば、犯人は自ずと見えてくる」

文英は「かしこまりました」と言って、こうべを垂れた。

「では、妾も護符について調べてみましょう。妾は皇子の中に作成者がいるように思えてなりません。貴妃の息子の第四皇子やも」

「そうですね。もちろん、その可能性もあります。義母上は第四皇子を始めとする皇族の中に怪しい人間がいないか探っていただけますか？」

「わかりました。必ず貴妃のしっぽを摑んでみせます！」

皇后は怒りをやる気に変えて宣言し、さっそく外へと向かっていく。

彼女の中では、完全に貴妃が今回の事件の黒幕となっているようだ。

文英も皇后の後へと続いていき、部屋には幻耀と玉玲だけが取り残された。

莉莉を探しに行く前に、玉玲は幻耀の目的について確認しておく。

「刺客が持っている護符の作成者を見つければいいわけですね。依頼した人間がいれば、そこからたどれるわけですし」

「そうだ。ただ、我が国には護符を作成できる道士や皇族がかなりいる。それを全て洗い出すのは難しいだろう。そんなことより簡単な方法が一つある」

「……簡単な方法？」

「刺客であるあやかしを捕まえることだ。そのために件の猫怪に話を聞きたいのだが」

玉玲には刺客を捕まえる方法など見当もつかず、詳しく尋ねようとした時だった。

外からコンコンと窓を叩く音が響く。窓の外で莉莉がいつもの合図を出していた。

「莉莉！　ちょうどよかった」

玉玲はすぐに窓を開け、莉莉を迎え入れる。

幻耀を警戒したのか、莉莉は中まで入ろうとせず、窓台に乗ってしゃべり出した。

「猫怪たちに話を聞いてみたんだけど、お前ら以外の人間を見かけたやつは誰もいなかったぜ。あやかしは人の気配に敏感なんだけどな」

「……そう。わざわざ報告しにきてくれたんだね。ありがとう」

捜査に進展がなかったことを残念に思いながら、玉玲は莉莉に礼を言う。

後方に目を向けると、幻耀が小さく頷き、莉莉に声をかけた。

「入れ。お前に話したいことがある」

だが、莉莉は動かない。二股のしっぽを逆立てながら、幻耀に注意を払っている。

警戒心を剝き出しにする莉莉の様子に構わず、幻耀は再び話しかけた。

「まずは礼を言わせてもらおう、莉莉。お前が宴の場で声をあげてくれなかったら、俺は生きていなかったかもしれない。玉玲、お前にも。改めて感謝する」

幻耀の頭がこちらへと傾く。

莉莉が縦長の瞳孔を横に広げた。

玉玲はしばらく目を見開いたまま立ちつくす。皇族が自分より身分の低い人間に頭を下げるとは思わなかった。妃嬪が侍女に拝礼するようなものだ。そんなことは普通起こりえない。

でも、彼は玉玲ばかりか、あまりよく思っていないはずのあやかしにまで。

「莉莉」

驚いた顔をしたまま動かない莉莉に、玉玲はすがるような目を向けた。今、幻耀はあやかしを受け入れ、歩み寄ろうとしているのだ。彼の変化と思いを莉莉にもわかってほしい。

「……別に、太子を助けたかったからじゃねえし。玉玲のためだからなっ」

気持ちが伝わったのか、莉莉はぶっきらぼうに言いつつ、部屋の中に入ってきた。

玉玲はホッと胸を撫でおろし、幻耀に視線を移す。

顔をあげた幻耀は、莉莉の双眸を見て、話を続けた。

「刺客の後も追ってくれたと聞いた。勇ましいものだと感心している。その時のことを詳しく話してもらえないか？」

持ちあげられた莉莉は、満ざらでもなさそうな顔をする。

意外にあやかしの扱いがうまい。莉莉をもうその気にさせている。

「別にお前のために追ったわけじゃねえけどよ。まあ、いいぜ。玉玲にも話したけどな、やつは追っている途中で突然消えたんだ。霧みたいに」

幻耀は話を聞いて、少しの間考えこんだ。

「……霧か。消えた場所は覚えているか？」

「当然だ。おいらは頭も記憶力もいい、イカしたあやかしだからな」

「では、その場所まで案内してくれ」

臥牀から出ようとした幻耀に、玉玲はあわてて口を挟む。

「太子様、まだ熱があるんですよ!?　もうしばらく安静にしていた方が……」

「いや、平気だ。共犯者と連携される前に、刺客を捕らえなければならない。証拠を隠滅される恐れもあるからな」

身を案じる玉玲に、幻耀はゆっくりと立ちあがって告げた。

彼の決意は固そうだ。けれども、体調が悪いというのに、一人では行かせられない。

「どうしても行くというのでしたら、私もついていきます！」

玉玲は幻耀の前に立ちふさがり、決然として主張する。

「もちろんだ。お前が一緒でなければ始まらないからな。俺についてこい」

幻耀はあっさり同行を認め、若干強引に玉玲の腕を取った。

玉玲の心臓は、ドクンと音を立ててはねあがる。

頼りにしてくれるのはうれしいけれど、いったい何をさせるつもりなのだろう。

彼の言動と高まる鼓動に戸惑いを覚えながら、玉玲は腕を引かれて外へと向かっていった。


北後宮の西部には南から北にかけて緑が広がっている。柳に杉、李に梅、青々と茂る竹林。

そこに暮らす貴人たちを楽しませるためか、人工の池や仮山を築いた園林もある。

もちろん今は訪れる人間などおらず、実に閑散としたものだ。

池のほとりには、六角形の瓦屋根を頂く亭が建てられ、丹塗りの虹橋がかけられている。

その池の北部に立つ桃の木の前で、莉莉は足を止めた。

「ここだ！　確かにここで、前を駆けてたあいつが突然消えたんだ」

莉莉の言葉を受け、漣霞が周囲を見回しながらこぼす。

「特に誰かいそうな気配はないわね」

刺客のあやかしを捜しにいくと伝えたら、もちろん彼女もついてきた。

今ここにいるのは莉莉と漣霞、幻耀と玉玲だけだ。

幻耀は端整な顔を少しもゆがめることなく、周囲に視線を巡らせている。

平然として見えるが、玉玲はやはり幻耀のことが心配でならない。いくら彼が武芸を極めているとはいえ、毒で倒れたばかりなのだ。周囲の状況より幻耀の体調を気にしてしまう。

「玉玲、お前は瘴気が視えると言ったな。どうだ？　ここで何か視えないか？」

顔色をうかがっていたところで、幻耀が問いかけてきた。

「霊力の高い人間は、あやかしだけではなく特別な空気まで視えると聞く。人を殺そうとしたあやかしだ。そういった類のあやかしは、まとう空気も違うのではないかと思うのだ。ずっと殺気を帯びていたはずだからな。半日やそこらでは消えない。違うか？」

だから自分も一緒に連れてきたのか。玉玲は納得しつつ、首をかしげて答える。

「どうでしょう。人を殺そうとしたあやかしなんて、視たことがありませんから。でも、よくない空気をまとっている可能性はあると思います。ちょっと集中してみますね」

幻耀ばかり見ていたことには、気づかれていなかったようだ。そのことに少し安堵しつつ、周囲に目を凝らす。北後宮全体から漂う少し濁った空気は視えるものの、特別に目立った何かは感じられない。近くに桃の木が数本生い茂り、その奥に竹林が広がっているばかりだ。

「だめです。何も視えません」

呼吸まで止めて集中していた玉玲は、ぶはっと息を吐いた。不穏な空気も視えなければ、気配もない。周辺に自分たち以外誰もいないことは間違いないだろう。

幻耀は考えこむように腕を組み、「ふむ」と小さくつぶやいた。

「移動したのだろうな。この辺に多いのは桃の木か。他をあたってみよう」

草道を北上する幻耀の後に、玉玲は莉莉たちと一緒に続いていく。注意を払いながら進んでみるも、やはりおかしな空気は感じられない。途中で亀とイタチのあやかしを見かけたが、彼らから何かを感受するようなことはなく、刺客がひそんでいそうな気配もなかった。

人を殺そうとしたあやかしは、普通とは違う空気をまとっている。幻耀のその考えは外れていないように思うのだけど。負の感情が濁った空気として視えるのだから。

思索にふけりつつ、周りを観察していたところで、幻耀が足を止めた。

玉玲は一緒に立ちどまり、前方に目を向ける。そこもまた小さな池と仮山を備えた園林になっていた。池の水面には蓮がたゆたい、周囲には桃の木がたくさん生えている。

立ちどまった幻耀は、つらそうな顔で桃の木を見つめていた。

「太子様、どうかしました？　もしかして、具合が……？」

彼の体調が心配になり、玉玲は顔をのぞきこんで尋ねる。

「お前は目ざといな。だが、具合が悪いわけではない。ここに来ると思い出すんだ。俺や母と親しくしていた樹妖がいた場所だから」

「……その樹妖って……？」

嫌な予感がしてこぼした疑問に、幻耀は瞼を伏せて答えた。

「母を殺したあやかしだ。俺はここで母が刺されている場面を見た」

玉玲は彼の言葉に衝撃を受けて絶句する。まさか、母親を殺害されているところに直面していたなんて。十歳の少年が耐えられる疵ではない。運命とは何て残酷なのだろう。

「気にするな。昔の話だ」

幻耀は淡々と言って、桃の木の方へ足を踏み出した。

気にしないように言われても無理だ。ただでさえつらい状況だというのに、因縁の場所に向かっている彼の心境を思うと、胸が痛くて仕方ない。

止めても無駄だろう。幻耀は刺客を捕らえるために、無理をして動いているのだ。

玉玲だって刺客を捕まえたい。二度と彼に危険が及ばないように。もうつらい思いをすることがないように。彼の力になりたい。

玉玲は神経を研ぎ澄ませ、周囲を観察した。どこかに刺客がひそんでいるかもしれない。

幻耀を殺そうとしたあやかしは、きっと普通とは違う空気をまとっている。

何としても見つけ出すのだ。彼を守るために、絶対。

強く決意したその時。

「あっ、あの木！」

玉玲はわずかな違和感を覚え、少し進んだ場所にある大きな桃の木を指さした。

「少しだけど、片方の枝から濁った霧のようなものを感じます」

周りのものより幹が太い桃の木だ。枝が大きく二つにわかれ、片方は途中で折れて朽ちている。違和感を覚えたのは、片側の少し小ぶりな枝の方だった。目を凝らさなければわからないほど薄い霧をまとっている。他の木や枝からは同様のものは視えない。

玉玲の言葉を聞くや、幻耀はその桃の木の前に向かった。

後についていった玉玲は、次の瞬間、彼が取った行動に目を瞠る。

「太子様!?」

幻耀は腰に佩いていた妖刀を無表情で抜き放ち、大きく振りかぶった。

薄い霧をまとった桃の枝に向かって。

刃が枝をとらえようとした刹那――。

「やめろ！」

桃の木から鋭く声が響き、若い女性が飛び出してきた。

細くて小柄な体に、白い長衣をまとい、薄茶の長い髪を後頭部で一つに束ねている。

女性は桃の木から出現すると同時に、北へと駆け出した。

直ちに玉玲と莉莉が後を追う。

あれは絶対に幻耀の命を狙った刺客だ。体に黒っぽく濁った霧をまとっている。幻耀に対する負の感情がもれ出ているのだろう。

「玉玲、できるだけ早く捕まえろ。桃の木が多い遠方まで逃げられると厄介なことになる」

後方から幻耀の声が響いた。

んなこと言われても。無茶ぶりだと思いつつ、玉玲は必死に刺客を追跡する。

莉莉でも一度逃した相手だ。相当に速い。

全力で追いながらも距離を離され、危機感を募らせていたその時。

「うおりゃあっ！」

奇声が響き渡ると同時に、後方から巨大な岩がふっ飛んできた。

近くに落ちた岩にひるんで、刺客が一瞬足を止める。

その短い時間さえあれば十分だった。

再び走り出した刺客へと、玉玲と莉莉は同時に飛びかかる。

莉莉が女性の背中に組みつき、前のめりになった彼女の足を玉玲が抱えこんだ。

体を組み敷き、動きを封じてしまえば、捕縛完了だ。

念のために莉莉が足にかみつき、にらみをきかせてくれている。

「よくやった、玉玲、莉莉。そして、漣霞」

体を必死に押さえつけていると、幻耀がやってきて、三者の労をねぎらった。

——あれ？　漣霞さんも？

彼女が何をしたのかわからず、玉玲は後方に目を向ける。

漣霞は手についた砂を忌々しそうな顔で払っていた。もしかして——。

「あの岩を投げ飛ばしたのって、漣霞さん？」

近づいてくる彼女に、恐る恐る確認する。岩の直径は玉玲の身長近くある。

あの岩を投げ飛ばしたのが、漣霞だったとしたら。

——すっごい怪力。

顔をひきつらせる玉玲に、漣霞はため息をついて言った。

「できればこれはやりたくなかったんだけどね。あたし、か弱くて淑やかで可憐な美女で通ってるから」

——いや、全然通ってないよっ。

そのツッコミは胸の中だけにとどめておく。口に出したらひねりつぶされる。

あきれとおびえを押し隠していたところで、幻耀が刺客を見おろしてこぼした。

「莉莉に話を聞いて、怪しいと思っていたが、やはり樹妖だったか。樹妖は近くに同じ属性の木があれば、乗り移れるからな」

漣霞が幻耀に渡された縄で、女性の手と膝を縛る。

玉玲は女性の体から離れ、改めて刺客の姿を観察した。

髪の色は桃の枝のような薄茶。瞳は薄桃色で、身にまとう色や空気は異様だが、二十歳ぐらいの女性にしか見えない。人に変化したあやかしであることは明白だった。

幻耀が斬ろうとした桃の木に宿るあやかしだったのだろう。樹妖を間近で視るのは初めてだ。

「お前、何者だ？　なぜ俺の命を狙った？」

幻耀は、うつ伏せになった樹妖の顎を摑んで尋問する。

「お前に護符を渡した人間がいるな？　誰だ？　吐け」

樹妖は固く目を閉じ、口を開かない。

「簡単には白状しないか。ならば、仕方がない」

再び鞘から妖刀を抜き放った幻耀は、冷然として樹妖の首に切っ先を向ける。

「白状しなければ殺す。言え」

首を軽く傷つけられた樹妖は目を開き、幻耀を鋭くにらみつけて言い放った。

「貴様に教えてやることなどあるものか！　冥府へ送られようと絶対に話さない！　殺したければ殺せっ！」

幻耀は顔をしかめ、妖刀の柄を更に強く握りしめる。

「太子様」

玉玲はなだめるように幻耀の袖を引いた。挑発に乗って殺せば、共犯者のことを訊けなくなってしまう。何より、ここで彼女を殺してはいけない気がした。幻耀のためにも。

思いが通じたのか、幻耀は妖刀を鞘に収めて告げる。

「玉玲、漣霞でもいい。そいつの体を検めろ。どこかに護符を隠しているはずだ」

指摘されるや、樹妖がピクリと眉を震わせた。

「護符さえ手に入れれば、共犯者を洗い出せる。護符には作成者の特徴がはっきり表れるからな。文字の配列、手蹟、空間の取り方。国中の護符を網羅している城の録事に調べさせれば、かなりの確率で作成者を割り出せるはずだ。探せ」

玉玲はハッとして幻耀の顔を見る。だから宮殿を出る前、護符の作成者を洗うより簡単な方法があると言ったのか。実行犯のあやかしを捕らえて、護符を手に入れれば、確かに早く共犯者を洗い出せそうだ。

「じゃあ、あたしが」

そう言って、漣霞が樹妖のふところに手を入れようとする。まさにその時――。

「彼女の体を調べる必要はありませんよ。護符を渡したのは私です」

玉玲たちの後方から、引きとめるように声が響いた。

「彼女が捕まるようなことになれば、自首しようと思っていました。私があぶり出されるのも時間の問題ですからね」

玉玲はゆっくりと振り返り、立っていた人物を見て瞠目する。

信じられなかった。考えられないことだった。

「……嘘でしょう？　だって、あなたには、あやかしが視えないはず……」

震える声で疑問を口にする。あやかしが視えなければ、護符を渡すことはできない。意思の疎通を図ることもできない。それなのに、なぜこの人が——。

幻耀もまた、信じられないという表情で、自白した人物を凝視した。

「どういうことだ？　文英」

名前を呼ばれた文英は、口もとに苦笑を浮かべて答える。

「あやかしが視えないように装っていたのですよ。調べられると困ることがあったのでね」

目を見開く幻耀と玉玲に、彼は薄い笑みを刷いたまま告白した。

「あなた方が捜していた共犯者は私です。私が彼女に命じて、殿下の命を狙わせました。私は逃げも隠れもしません。煮るなり焼くなり好きなようにしてください」

開き直る文英を見ても、玉玲は状況を呑みこむことができない。

「……どうしてなんですか、文英さん？　なぜあなたが太子様の命を……」

いつでも明るい笑みを絶やさなかった、穏やかな文英が。幻耀に誠心誠意尽くし、常に身を案じていたように思えたのに、いったいどうして——。

「答えろ、文英！」

幻耀が初めて声を荒らげた。

文英はビクリと体を震わせ、少しの間、瞑目して口を開く。

「あなたが雪艶を殺したからです、殿下」

「……雪艶？」

聞き覚えのない女性の名前だった。

疑問の声をもらす玉玲に、文英は瞼を伏せたまま回答する。

「殿下の母君を殺した樹妖です。雪艶と私は、ひそかに愛し合っていました」

彼の言葉の後に、長い沈黙が落ちた。

目を開けると同時に、文英は静寂を破る。

「殿下はご存じでしょうが、樹妖はあやかしの中でも特に妖力が高く、人の心の機微に敏感な存在です。雪艶は鋭い観察眼を持った女妖でした。常に人の姿でいることができ、私があやかしを視認できることなどすぐに見破った。言葉を交わすうちに、私は彼女に惹かれていったのです。きっと今も関係が続いていたことでしょう。あなたが雪艶を殺していなければ」

最後の言葉を聞くや、それまで黙っていた樹妖が顔をあげ、再び幻耀をにらみつけた。

「そうだ。貴様が私の姉を……っ！」

憎しみをあらわにする樹妖を静かに眺め、文英は彼女について言及する。

「彼女の名は雪珠。雪艶と同じ木に宿った姉妹樹妖で、魂の片割れのような存在です。姉妹樹妖は人間の家族よりも結びつきが強い。彼女も、半身である雪艶を手にかけたあなたを恨んでいた。だから私が復讐する機会を与えたのです。毒を塗った弓矢と護符を渡して」

姉のことに話が及んだとたん、怒りに満ちていた雪珠の目に悲しみの色が重なった。

「私の妖力は姉よりもずっと弱く、当時人間に変化することはできなかった。だが、私はあの桃の木から貴様が姉を斬るところを見ていたのだ。その時の恨みが私の妖力を強くした。姉の恋人だった文英に話を持ちかけられ、私は快諾した。貴様に復讐するために！」

雪珠は憎しみを全開にして言い放つ。

彼女の悲しみも負の感情も理解できるし、あやかしを殺すことを肯定なんてしたくない。けれども、玉玲には納得できない部分もあった。

どうして、そこまで強く幻耀を恨むのか。当時たった十歳だった、哀れな少年を。

同情してほしいとまでは言わないが、少しでも理解してもらいたくて口を挟む。

「でも、太子様も雪艶さんにお母様を殺されたんだよ？　仕方がなかったんだ。雪艶さんを殺すように命じたのは、彼のお父様だったわけだし」

「人間の事情など関係ない！　貴様らだって、姉の思いや事情などたいして調べようとすることもなく、冷酷に手を下した！　姉はな……。姉は——っ！」

「雪珠」

何かを訴えようとした雪珠に、文英が呼びかけて首を振る。何も言うなとたしなめるように。

雪珠はハッとした様子で押し黙り、悔しそうに拳を握りしめた。

文英は雪珠から幻耀に視線を戻し、供述を終わらせようとする。

「これだけ話せばいいでしょう。私は、雪艶を殺したあなたを恨んでいた。だから――」

「それは違うな」

文英の告白を遮断するように、幻耀は告げた。

「雪艶を斬ったのは八年も前だ。これまでお前には、いくらでも俺を殺す機会があった。今回の暗殺未遂事件以外でお前が俺の命を狙ったことはない。そうだな、文英？」

指摘された文英は、少しだけ顔を強ばらせて問い返す。

「なぜそのように思われるのですか？」

「お前が必死に俺を守ろうとしていたからだ。五年前に矢が飛んできた時には、お前がかばって腕に傷を負った。三年前、毒殺されそうになった時は、お前が毒味を担当し、生死の境をさまよった。そうだったな？」

「……ええ。三年前、私が倒れて以降、あなたは後宮で食事を取らなくなった。誰のことも信じていないからだと思いました。半分はね。もう半分は、私のような犠牲者を出したくなかったからなのでしょう？　ここ数年であなたは変わったと思いましたが、根は優しいままです」

幻耀は何も答えず、ただ文英の顔を見つめた。

文英はかすかに微笑み、告白を続ける。

「正直にお答えしましょう。私が殿下の暗殺を試みたのは、今回が初めてです。あなたの命を狙った人物は他にもいる。拙劣な手口から鑑みるに、妃嬪の誰かによる半ば脅しのようなものだと私は見ていますが。今後もお気をつけになるとよろしいでしょう」

その言葉の真意に、玉玲は気づいた。

「文英さん、あなたは太子様のことを……」

今でも身を案じている。暗殺を企てたばかりだというのに。

「誤解なさらないでください。私は今回、確かに殿下を殺そうとしたのです。動機は先ほど申しあげた通り、雪艶を殺された恨みです」

「ならばなぜ、八年もたった後で、恨みを晴らそうとした？」

鋭く問われ、文英の目が少しだけ左右に揺らぐ。

「それは、あなたが用心深くて、なかなか機会がなかったから――」

「いいや、お前にならできたはずだ。俺はお前の前でだけは、何度も隙を見せていたからな。今になって暗殺を謀らなければならなかった理由があるはずだ。お前の意思とは関係なく。全部話せ、文英」

幻耀は確信した様子で告げ、文英をまっすぐ見すえた。

視線をそらす文英に、玉玲は憤りをあらわに主張する。

「太子様はあなたを信じているんですよ！　恨みなんかで自分を殺そうとするはずがない。どうにもならない事情があったからだって。あなたは大事なことを隠していますよね？　裏に誰かいるんでしょう？　教えてください。太子様なら全て解決できるはずです！」

文英の両腕を摑み、強く訴えた。信頼してほしいと。

半分は見えていた。文英がなぜ幻耀の命を狙ったのか。彼の意思ではない。それは絶対に。

文英がまとっていた優しい空気は本物だったから。空気は嘘をつけない。幻耀を思う気持ちにも偽りはないはずだ。ならば、必ず裏がある。

文英に、幻耀を殺すように命じた黒幕の存在が。

確信しながら見すえる玉玲だったが、文英は追及から逃れるように瞼を伏せて答えた。

「何のことでしょうか？　今回の事件は全て私が企てたことです」

「文英さん！」

玉玲は声を荒らげ、尚も真実を追及しようとする。

「これ以上お話しすることはありません。どうぞ獄舎へ連行してください」

文英は玉玲の手を振り払い、幻耀に視線を向けて要求した。

玉玲は文英の瞳に、確固たる意志と覚悟の強さを感じ取る。

彼は何を言われても、きっと己の信念を曲げない。

「……漣霞、彼らを獄舎に連れていってもらえるか？」

玉玲と同じように感じたのか、幻耀がため息をついて告げた。

漣霞は若干後ろめたそうに「かしこまりました」と答え、雪珠の体を支えて歩き出す。

文英は連行されるまでもなく、自ら進んで獄舎へと向かっていった。

どんどん離れていく彼の背中を、幻耀は何も言わずに見つめている。
彼がとてもつらい心境であることは、言葉や顔に表れていなくても読み取れた。

「太子様」

玉玲は短い言葉だけで訴える。このままでいいのか。文英が真実を明かさない理由もわからないまま、あきらめてしまっていいのかと。

「お前の言いたいことはわかる。だが、文英は秘密を冥府まで持っていく道を選んだ。あいつが何も話さないことには、俺にできることはない」

幻耀は小さく首を横に振り、いつになく暗い目をしてこぼす。

「どんな事情があろうと、文英が俺の命を狙ったのは事実だ。まさか、また身近な存在に裏切られることになるとはな。信じていても裏切られる。兄も、雪艶も、そして文英も……」

彼の疲れきった顔を見て、玉玲は危機感を募らせた。このままでは、幻耀は誰も信じられない以前の孤独な彼に戻ってしまう。せっかくあやかしの存在を認め、心を開きかけていたのに。

これ以上彼に大切なものをあきらめさせてしまってはいけない。

「裏切られても、また信じるしかないのだと思います。どんなに苦しくても」

玉玲は幻耀の前に立ち、真剣な目をして述懐した。

「私だって人に裏切られたことはありました。両親には捨てられたくらいですし。でも、立ちどまってはいけないと思うんです。幸せだと思えることが、この先にきっとあるはずだから。

裏切られたことで失うものより、信じることで得られるものの方がずっと大きいんだって、私はそう信じています」

人生にはつらいこともたくさんある。でも、いいこともたくさんあったから乗り越えられた。大切だと思える存在に出会えたこと。雑伎団の仲間たち、莉莉に漣霞、もちろん幻耀も。つらい時、養父やあの少年の言葉がどれほど心の支えになっただろう。信じられる人に出会えたことで、過去を悲観せず前に進むことができたのだ。

あきらめなければ、いいことがたくさんある。失いかけたものを取り戻すことだって。

「太子様、言ってください。あなたはどうしたいのか。できることはまだあるはずです。あなたの願いが叶うように私が全力で支えますから」

彼はつらいことが重なった後も、心のどこかでずっと文英を信じていた。その気持ちを失わなければ、きっと取り戻すことができるはずだ。

祈るような気持ちで見すえていると、諦観の色を帯びていた彼の双眸に光が戻った。

「突きとめたい。黒幕と真実を。俺は文英のことを信じたい」

幻耀は玉玲の目をまっすぐ見つめ返して告げる。

「だが、あいつは何を言っても黒幕の存在を認めないだろう。だから自ら調べてみるつもりだ。お前は文英を見てどう思った？　気づいたことを聞かせてもらえるか？」

「はい！」

玉玲は口もとをほころばせて即答した。意見を求めてくれたことが、信頼されているように感じられてうれしい。彼があきらめずに信じる道を選んでくれたことも。

喜びはいったん胸の中に収め、文英の様子を思い返す。

「文英さんの顔からは、強い信念と覚悟が感じられました。何かを隠しているというより、守ろうとしているような」

幻耀は思案するように腕を組んでつぶやいた。

「何かを守ろうとしている、か。だが、あいつは物や金に執着するような人間ではないし、親しくしている友人もいないようだった。京師の外に家族はいるようだが」

「……家族」

玉玲も顎に手をあて、しばらくの間考えこむ。

「文英さんのご家族について他に知っていることはありますか？」

「確か、烏洲にいると聞いた。両親と妹がいて、毎月実家に仕送りをしていると」

「じゃあ、まずはご家族に話を聞きにいきましょう。烏洲なら半日で往復できる距離ですし」

さっそく動き出した玉玲に、幻耀は「待て」と言って確認した。

「お前も行くつもりか？」

「もちろん。黒幕に動きを悟られると、ご家族に危険が及ぶかもしれないので、秘密裏に調べる必要があると思います。私は身軽で身体能力もありますし、こういうのは得意なんです！」

玉玲はやる気をみなぎらせ、まずは着替えるため宮殿に向かう。すると、

「そういうことなら、あたしも協力するわよ」

路を少し進んだところで、獄舎の方角から漣霞の声が響いた。

「こっちが心配だったから文英たちはさっさと閉じこめてきたわ。さっそく行きましょう」

「おいらも力を貸すぜ。一度乗りかかった船だからな」

振り返ると、漣霞と莉莉が意気込んだ顔をして立っていた。

「……お前たち」

幻耀は衝かれたように目を見開き、あやかしたちに視線を巡らせる。

「お願いしましょう、太子様。人に視えないふたりなら絶対役に立ってくれるはずです！」

玉玲は漣霞たちの存在を心強く思いながら幻耀に進言した。

自分を信じ、頼ってくれたように、あやかしのことも信頼してほしい。

思いが伝播したのか、漣霞と莉莉も期待に瞳を輝かせて幻耀の返事を待つ。

幻耀はしばらく玉玲、莉莉、漣霞と順番に顔を見つめてから、迷いのない目をして応えた。

「わかった。力を貸してくれ」

# 第四章　事件解決のご褒美に

京師を囲う外壁が徐々に南へと遠ざかっていく。

外門を抜けると、景色は一変し、建造物などいっさいない大平原が広がっていた。

空は東から太陽をのぼらせるばかりで、雲一つまとっていない。

日の光を一身に浴び、二頭の馬が砂塵をあげて駆けていく。

「わりと簡単に出られましたね」

玉玲は手綱をさばきながら、隣で馬を走らせる幻耀に話しかけた。雑伎団では馬戯も披露していたため、馬術はお手の物だ。

「俺は任務で頻繁に城の外へ出ているからな。何の問題もない」

幻耀は前方に視線を向けたまま、事もなげに返してくる。

作戦の序盤こそ緊張したが、皇族だけが検問もなく通れる門まで行けば、あとは楽だった。

北後宮には、南後宮を通ることなく外朝に出られる門が東にある。莉莉と漣霞はその東門の呪符を一時的に剥がして通らせ、あとは幻耀が番兵をうまく言いくるめて秘密裏に門を出た。

玉玲は幻耀の従者を装い、いまだに変装を続けている。

「あんた、その格好すごく様になってるわよ」

これまでの経緯を思い返していると、幻耀の馬に同乗していた漣霞が声をかけてきた。

「やめてよ。自分でもしっくりきすぎて、悲しくなってるんだから」

玉玲は己の服装を眺めてため息をつく。身にまとっているのは、丸襟の茶色い長袍だ。髪は頭上で一つに束ね、こげ茶の紗帽を被っている。従者というのは小太監のこと。いわゆる少年宦官だ。胸もないため、あまりにも格好がなじみすぎて、門を出る際もいっさい疑われなかった。いちおう十七歳の乙女だぞ。

「似合うならいいだろ。玉玲は何を着てもかわいいし。『猫に金錠』だぜ」

慰めようとしたのか、玉玲の後ろに乗っていた莉莉がそう言ってくれる。いつもよりも素直で、ほめようとしてくれた気持ちはうれしいが、言葉の使い方がおかしい。

『猫に金錠』は『豚に真珠』と同じで、価値のわからないやつに貴重なものを与えても無駄って意味だぞ。まあ、かわいいって言ってくれたから許す。

「莉莉もその姿、かわいいよ。すごく莉莉らしくて素敵」

玉玲は馬を操りながら、後方に目を向けた。

そこにいるのは、いつもの猫怪ではない。黒い短袍に、膝下丈の褲を身につけた小柄な少年だ。見た目の年齢は十代前半で、身長は玉玲より少し低いくらい。玉玲があげた披帛を首に巻き、肩の長さの黒髪を無造作にくくっている。目は金色で、獣の時のままだ。

「莉莉も変化できたんだね」

城を出て、いきなり人間に化けた時は驚いた。

「当然だろ！　おいらは強力なあやかしだぞ。力を封じられてたせいで、獣の姿になってたけどな。呪符さえなけりゃあ、人間に変化するなんて朝飯前だぜ！」

莉莉は「ふふん」と得意げに鼻を鳴らす。とはいえ、二股のしっぽと猫耳はしっかりついたままだ。中途半端なのが逆にかわいい。

「太子様は一見いつも通りですけど、本当に大丈夫ですか？　お顔の色がまだ優れません」

玉玲は隣を駆ける幻耀に視線を戻して尋ねた。

彼の服装は濃紺の長袍に白い褲。腰には普段通り妖刀を佩いている。髪は一つに束ね、いつもよりも動きやすそうな格好だ。気になるのは顔色の悪さ。涼しげな美貌は相変わらずだが、白皙の肌に青白さが加わっている。

具合が悪いのも当然の話。まだ意識を取り戻してから、半日もたっていないのだから。

「大丈夫だと言っているだろう。早いうちに真相を突きとめなければな。文英の裏にいる黒幕に気づかれかねない。ひそやかかつ迅速に行動する必要がある」

不安な面もちで見つめる玉玲に、幻耀は前を見ながら答えた。

その言葉には、玉玲も納得せざるをえない。黒幕に怪しまれる前に解明しなければ。文英が隠し通そうとしている真実を。幻耀の体調は心配だが、ここまできたら突き進むしかない。

「文英さんのことでもう少し話を聞きたいんですけど、彼はいつから後宮にいたんですか？」

文英という人物についてきちんと把握すべく確認する。

「確か十三年前、小太監として北後宮に入った。俺が五つの時、文英は十三だったか。実家が貧しく、家計を助けるために浄身したと聞いたが」

「……そんなに若い時から」

浄身というのは、去勢したということだ。まだ十三歳の少年が。

文英の境遇を思い、玉玲は胸を詰まらせる。

「彼はどんな時でも笑顔を絶やさない、穏やかな人間だった。嫌な顔一つせず、俺の身の回りの世話をし、兄のように相談に乗ってくれたこともある。俺の母親が殺された時も、優しく寄り添ってくれていたのだがな。本心だとは思いたくないが、俺を恨んでいたとは」

「本心のわけないじゃないですか！　あれは何かを隠そうとして言った虚言ですよ」

幻耀がこぼした言葉を、玉玲は直ちに否定し、漣霞も大きく頷いて主張した。

「あたしも昔から彼のことは目にしてましたけど、幻耀様への態度に偽りがあるようには見えませんでした。きっと裏に大きな理由があるのですわ」

「私もそう思います」

文英に初めて会った時、こんなに穏やかな空気をまとった人間が後宮にいるのかと驚いた。その頃はおそらく、憂いもなく幻耀に仕えていたはずだ。

彼の空気の変化に気づいたのは、宴に臨む前。幻耀を殺すように命じられ、直前になって緊張やためらいが表れたのだろう。それまでの文英の行動や思いに偽りがあったとは思えない。

「だから今から真相を探りにいくんだろ？　まかせとけ。おいらが真実を暴いてやるぜ！」

神妙な空気が漂いかけていたところで、打ち払うように莉莉が宣言した。

「あらあら、また探偵気取り？　かわいい名探偵さんね」

「うるせぇ！　おいらはかっこよくって賢い猫怪だぞ？　太子の命を狙った樹妖だって、おいらが暴いたようなものなんだからな。なめんなっ、怪力ぎつね！」

「何ですってぇ～！」

言い返した莉莉に、漣霞が牙と怒りを剝き出しにする。

「まあまあ、漣霞さん。莉莉もあんまり暴れないで」

玉玲はとっさに漣霞をなだめ、馬上で立ちあがろうとする莉莉をたしなめた。

前方に目を戻そうとしたその時。

「あれ？　太子様、今少し笑ってませんでした？」

幻耀の口もとが若干ゆるんでいたように思えて、質問する。

「笑ってない」

幻耀はすぐ硬い表情に戻って答えた。

「微笑んだように見えたんですけど」

「微笑んでない。無駄話はやめて急ぐぞ」

突然速度をあげた幻耀の馬に、玉玲は必死についていく。かたくなに否定されたが、彼は莉たちのやり取りを見て、微笑ったように思えてならなかった。

✽

暘帝国の北寄りに位置する城郭都市・烏洲。京師から馬で十刻（五時間）ほどの場所にあり、交通の便もいいため、北部には貴族たちの別邸が並んでいる。比較的規模が大きく閑静な町だ。

玉玲たちが烏洲までたどりついた頃には、中天から日が下り始めていた。

幻耀に調べてもらった戸籍によると、文英の家族が暮らしているのは町の北西。一軒だけ他とは区画を隔てた大きな邸だった。高い塀で囲われた、なかなか立派な四合院だ。

「文英さんは、実家が貧しくて家計を支えるために太監になったんですよね？　もしかして、太監の収入ってすごくいいんですか？　家族が立派な邸で暮らせるほど」

邸を見て不思議に思った玉玲は、訝しげな顔をしていた幻耀に確認する。

「いや、宮女とさほど変わらない。十数年働いたくらいでは、邸など購入できないだろう」

「じゃあ、確実に怪しいですよね。少し様子をうかがってみましょうか」

玉玲たちはまず、目立たないように気を配りながら邸の表へと向かった。

唯一の出入り口である南東の大門には、見張りが置かれている。人の出入りを警戒しているかのような物々しい雰囲気だ。やはり、この邸には何かある。

いくらあやかしでも、気づかれずに大門を通ることはできない。門扉を開ければさすがに怪しまれる。というわけで、一行は人気のない北西の塀へと移動した。誰にも見つからないように莉莉と漣霞を塀から内部に潜入させ、まずは偵察してもらおうという算段だ。

塀の高さは、成人男性二人ぶんの身長以上はある。だから、こうなるのは仕方ない。

玉玲と幻耀が梯子となって莉莉たちを塀の上に導くのは。でも――。

「あのー、どうして一番軽い私が一番下なんですかね？」

玉玲は四つん這いになりながら不満の声をもらした。背中の上には幻耀が立ち、漣霞を肩車している。更に漣霞は莉莉を肩車しているものだから、めちゃくちゃ重い。

「俺が土台でお前が肩車役だと低すぎて、こいつらが塀の上まで届かないだろう。我慢しろ」

幻耀が不機嫌そうに顔をしかめて告げた。確かに、子ども並に身長が低い玉玲と長身の幻耀とでは、頭二つぶん近く高さに差がある。何かがおかしい気はするけれど、納得するしかない。

しかし、届かない塀の前で男装した少女が青年を背中にのせている姿というのは、はたから見たら滑稽だ。二人組の変態にしか見えない。

ひたすら耐えていると、今度は漣霞が声をかけてきた。

「あたしの体重なんて塵のようなもんでしょ。協力してやってるんだから文句を言うんじゃないわよ」

——いや、めっちゃ重いんですけど。背骨が折れる。

早くのぼってくれと念じていたところで、ようやく背中から少し重みが引いた。

「よし、乗った！　おいら、やっぱり獣の姿に戻るわ。こっちの方が動きやすいから」

莉莉の言葉を聞いて、玉玲は切実に思う。

——だったら初めから獣の姿でいろ。莉莉もなぜかめっちゃ重かったぞ？

そんなことを考えている間に、一番重かった漣霞が塀にのぼった。

無事背骨を守り通すことができて、玉玲の口から安堵の吐息がもれる。

「じゃあ、行ってくるわね。あたしたちなら人には視えないし、声も聞こえないから、まさに偵察にはうってつけよね」

「まかせとけよ。ちゃちゃーっと中の様子を見てくるから。すぐに戻ってくるぜ。帰ったら何か褒美でもくれよな」

立ちあがった玉玲と幻耀に、漣霞と莉莉が塀の上から言った。

「いいだろう。全てがうまくいったらな」

幻耀の意外な返事を聞いて、あやかしたちの顔がパッとほころぶ。

「きゃあ〜。何がいいかしら。やっぱり新作の衣裳と化粧品かなぁ。披帛と履も新調して、それからそれからぁ〜」

「おいら、きらきらの石！　ひらひらの布！　ふわふわの寝床！　あと――」

「さっさと行け」

欲張りなあやかしたちを、幻耀が冷ややかにたしなめた。

漣霞と莉莉は、やる気満々の様子で塀から飛びおりる。

玉玲はまだ痛む背中をさすりながら、彼らを見送った。

「お前もいいぞ。褒美を望んでも。何か欲しいものはあるか？」

怪しまれないよう近くの木陰に移動したところで、幻耀が訊いてくる。

その心遣いをうれしく思いつつ、玉玲は小さくかぶりを振って返した。

「私はいいです。俸給は十分にもらってますし。真相さえ暴ければ」

自分が動いているのは幻耀のためというより、真実を知りたかったから。文英を助けたいと思ったからだ。もちろん、真相を暴くことは幻耀のためにもなると信じている。

この事件を解決できれば、きっと文英も幻耀も――。

「あっ、すみません。やっぱり一つ言ってもいいですか？」

ある希望が思い浮かんだ玉玲は、遠慮がちに確認する。

「何だ？」

「太子様の笑顔が見たいです」

微笑みながら答えると、幻耀は意外そうに目をしばたたいた。

「そんなことを望むとは、お前は変わった女だな」

幻耀の口角がほんの少しだけ上に持ちあがる。

そのわずかな変化を玉玲は見逃さなかった。

「今度こそ笑いましたね？」

即座に指摘するが、幻耀はまた無表情に戻って首を横に振る。

「笑ってない」

「どうして否定するんですか？　あなたの笑顔は絶対に素敵です！」

玉玲は真剣な表情で断言した。

今の言葉に感じるところがあったのか、幻耀の目が見たこともないほど丸くなる。

玉玲はそれ以上踏みこもうとはせず、黙って彼の顔を見つめた。

知りたかったことをここで全部訊いてしまいたい。でも、彼が自分から話してくれるのを待ちたいという気持ちもある。葛藤していたその時――。

「太子様!?」

突然、幻耀が玉玲の体に抱きついてきた。いや、違う。倒れこんできたのだ。

「太子様、大丈夫ですか!?」

玉玲はすぐ幻耀の異変に気づき、彼の体を支えながら問いかける。

「心配するな。少しめまいがしただけだ」

幻耀は弱々しい声音で答えた。

倒れるのも当然かもしれない。昨日は一時危ない状態だったのだから。ずっと平気そうにしていたので忘れかけていたが、やはり無理をしていたのだ。

しかしここで、作戦は中断しましょうと言って、帰るわけにもいかない。おそらく、幻耀は聞き入れないだろう。ならば、今できることは一つだけ。

玉玲は幻耀の体をゆっくり地面に寝かせ、自分の膝の上に彼の頭をのせた。いわゆる膝枕というやつだ。恥ずかしさはあるが、何より彼に少しでも休んでもらいたい。

「……玉玲？」

幻耀が若干驚いた表情で見あげてくる。

「今のうちに休んでいてください。せめて、莉莉たちが戻るまでは」

束の間でもいい、彼に休息を。それが幻耀にとって、安らげる時間であればいい。

玉玲は何も訊かず、ただ彼に休む時間を与えた。

穏やかさをはらんだ晩冬の風が、木々の間を吹き抜けていく。

今日は日差しが強くて暖かい。木陰にいれば気持ちいいくらいだ。

初めは落ちつかない様子だった幻耀も、天候のよさに気分がやわらいだのか、玉玲の膝におとなしく頭を預けている。

それは、玉玲にとっても安らぎの時だった。

幻耀があまりにおとなしいものだから、寝ているのではないかと思い、視線を落としてみる。

彼はしっかり目を開けていた。

そして、どこか憂いを帯びた真剣な表情で玉玲を見つめ、おもむろに口を開く。

「お前はなぜまっすぐなままでいられる？　いつまでも変わらない目をしていられるのだ」

その顔は過去をなつかしんでいるようであり、己を恥じているようでもあった。

「お前にも心を傷つけられるようなことはあったはずだ。南後宮には横暴な妃嬪もいただろう。理不尽な命令をする主人や、自分を捨てた親を恨んだことはないのか？」

「ないですね」

玉玲は少しの迷いを挟むこともなく即答した。

「だって今、十分に幸せですから。親が祠の前に置いていってくれたから、私は大好きな師父や仲間たちに出会うことができた。南後宮で仕えていた李才人は横暴な方でしたけど、彼女がいなければ莉莉や漣霞さんたちと知り合うことはできませんでした。太子様にも出会えたし」

「……俺に、会えたことも……？」

自分まで含まれるとは思わなかったのか、幻耀が意外そうに目を瞬かせる。

「もちろん、私にとってとても幸せなことでしたよ」

玉玲はにっこり笑って返し、はばかることなく思いを伝えた。

「うれしいなと感じたら、どんなにささいなことでも大げさなくらいに喜んだ方が明るい気持ちになれるじゃないですか。何でも悪い方にばかり考えていたら楽しくないですよ。私、ここでの生活を楽しむって師父と約束したんです。周囲の人やあやかしたちが笑っていてくれたらもっと楽しい。だから、太子様にも笑顔になってほしくて」

養父との約束は、今では幸せに生きるための信条だ。あやかしたちに料理をふるまったり、文英について調べているのも半分は自分のためだと言える。

幻耀が笑ってくれたら、もっと幸せな気持ちになれるだろう。

「お前は、俺が何者であっても、お前を悲しませるようなことをしたとしても、同じことが言えるのか？」

瞠目したまま尋ねてきた幻耀に、玉玲は「はい」と断言してみせる。

「太子様はわけもなく誰かを悲しませるようなことはしない、そう信じてますから。まずは、行動の理由を探ります。信じて動く方が、恨んだり疑ったりすることより幸せだと思うから」

玉玲にとって幻耀は恩人であり、信頼できる雇い主だ。人を見る目はある方だと自負している。一度信じた人のことは、とことん信じ抜きたい。たとえ彼が嘘をつき、過去に何をしていたとしても。

微笑を浮かべながら見つめていると、幻耀はかすかに瞳を揺らしてつぶやいた。

「お前はなぜ負の感情にとらわれない。どうしてそれほどまで前向きでいられるのだ」

幻耀の瞼が悔い入るように伏せられていく。

「玉玲、俺は——」

彼が意を決した様子で何かを言いかけた時だった。

「お待たせ〜！　って、ちょっと、何やってんの⁉」

頭上から響いた声にハッとして、玉玲は顔をあげる。

幻耀もすぐに体を起こし、空を見あげた。

「ひどいわよ！　あたしたちが必死に偵察してる間に、イチャついてるなんて！」

玉玲は仰向いたまま目を瞠る。すぐ近くで停止飛行していた狐色の鳥が、しゃべったのだ。

聞き覚えのある女性の声で。

「その声は、漣霞さん⁉」

驚きのまなこで問いかけると、着地した漣霞は襦裙姿の女性に戻り、つんとして答えた。

「そうよ。人間の姿じゃ、塀を飛び越えられなかったからね」

そういえばそうだと、玉玲は塀に視線を移す。

「じゃあ、莉莉は……？」

「おう、今戻ったぜ！」

問いかけるやいなや、塀の上に二股しっぽの猫怪が姿を現した。

「えっ⁉　どうして？　塀にのぼるための土台もないのに」

「いや、肩車とかしてもらわなくても、おいらの身体能力ならどうにかなるし」

「あたしは動物なら何にでも化けられるからね」

――だったら、初めから自分でのぼっとけよ。

玉玲は脱力する。ひたすら重みに耐えたあの苦労は、いったい何だったのか。

これには幻耀も渋い表情だ。彼もたぶんそのせいで倒れたのだから。

まあ、今はとやかく文句を言っても仕方がない。

「それで、どうだった？　内部の様子は？」

苛立ちを胸に押しこめ、邸の状況を訊く。

「怪しいにおいがぷんぷんだったぜ。あれは完全に黒だな」

「黒って？」

尋ねた玉玲に、今度は漣霞が答えた。

「北の正房に人がとらわれている様子だったわ。房の四方には矛を持った見張りが立っていて、門の裏側や塀の近くにも数人いた。邸の規模のわりには、かなり厳重な警備態勢ね。あれじゃあ、人はどこからも侵入できないわ」

なるほど、それは明らかに黒だ。尋常じゃない。

玉玲は怪訝に思いつつ、少しだけホッとした。やはり文英は事情があって黒幕に従っていたのだ。おそらくは、とらわれている人を守るために。幻耀が憎くて裏切ったわけではない。

「正房にとらわれている人というのは？」

「窓からのぞいた感じ、若い女と、老人が二人だったな。そんな状況だからか、かなり暗い顔をしてたぜ。扉を開ければばれるから、とりあえず報告に戻ってきたんだ」

「……若い女と、老人が二人。ということは、文英さんの妹とご両親……？」

玉玲は腕を組み、少しの間考えこんだ。

とらわれている人というのが、謎を解明するための鍵となるだろう。話を直接聞ければいいが、見張りがいるので難しい。莉莉と漣霞も、普通の人とは会話ができないから不可能だ。

「どうしましょう、太子様？」

意見を求めると、幻耀は薬紙に包まれた何かをふところから取り出した。

「これを使うしかないようだな」

玉玲は目をしばたたき、「何ですか？」と薬包の中身を訊く。

「念のために持ってきた眠り薬だ。漣霞、莉莉、これを見張りの人間に飲ませられるか？」

漣霞と莉莉は、思い出すような間を挟んで答えた。

「ちょうど厨で昼食の準備をしてたから、できると思います。あたしたちなら誰にも気づかれず料理に入れることが可能だし」

「やつら頻繁に水を飲んでたしな。水が入った桶にも振りかけりゃあ、いちころだぜ！」

自信をみなぎらせる彼らに、幻耀は薬包を差し出しながら告げる。

「では、頼む」

「まかせろ！」「おまかせください！」

薬包を受け取った莉莉と漣霞は同時に答え、再び邸内へと向かっていった。


それから約二刻（一時間）後――。

すっかり寝静まった邸に、玉玲たちは大門から堂々と侵入していく。

ちなみに、大門の前に立っていた見張りだけは、幻耀が不意を突いて倒した。妖刀の峰で気絶させ、今は体を縛って塀の内側に転がしてある。かわいそうだが仕方ない。とらわれている人の安全を考えると、こうするより他になかった。

門房の脇を通りすぎ、院子へと入っていく。見張りがぽつぽつと地面に寝転がっていた。念のために彼らの体も縄で縛っておく。万全を期してあたる構えだ。

寝入っている見張りを縛りながら進んでいくと、北側に立派な造りの正房が見えた。

「あそこよ」

漣霞が正房を指さして告げる。そこにとらわれている人たちがいるということだ。

扉の前まで進んでいった幻耀は、注意深く周囲の様子を確かめた。

「漣霞と莉莉は周りを警戒していてもらえるか？　外から人が入ってこないとも限らない」

「了解しました」

漣霞が答え、莉莉も首を縦に振る。

やはり、人に視えないあやかしの存在は心強い。

玉玲は莉莉たちに感謝の気持ちを込めて頷き、正房の前に立った。

幻耀と一度目を合わせ、大きく深呼吸してから扉を叩く。

「失礼します」

一声かけた後、思いきって扉を開けた。

中にいた人たちが、驚いた表情でこちらに注目する。

莉莉が話していた通り、六十歳前後の男女が二人、二十代くらいの女性が一人の計三名。

眠り薬入りの食事が回らないように、漣霞たちがうまく調整してくれたらしい。三人は乾きそうになるほど目を見開き、おびえながらこちらを凝視していた。

「心配しないで。私たち、怪しい人間じゃありません。皇城から来ました。文英という男性をご存じないですか？」

文英の名前を出すや、三人の目の色が変わる。

「文英⁉」

「あなた、文英を知っているの？」

白髪まじりの長髪を結いあげた老婦人に問われ、玉玲は大きく頷いた。

「職場の仲間みたいなものです。もしかして、あなた方は文英さんのご家族では？」

老婦人は他の二人と顔を見合わせ、おずおずと口を開く。

「はい。私たちは文英の父母。その子は妹です」

答えを予測していた玉玲は、特に顔色を変えることもなく、改めて三人を観察した。

よく見ると、真っ白な髪を巾で一つに束ねた老人と文英は面差しが似ている。穏やかな雰囲気は母親に近い。妹も文英に目もとが似て優しそうだ。

「教えてください。文英は今どうしているのですか？　まさか息子に何かあったのでは」

不安そうな顔で尋ねてきた老人に、玉玲は正直に答えた。

「彼は今、とても難しい状況にあります。私たちは文英さんを救うためにここへ来たんです」

「教えてほしい。なぜあなた方はこの邸に監禁されているのか。文英にはどんな事情があるのか。俺たちは真実を知り、黒幕から文英を解放するためにやってきた」

玉玲と幻耀は三人と視線が交わるように膝をつき、真剣な表情で老人を見すえる。

老人はしばらく逡巡するように目を閉じてから、意を決した様子で口を開いた。

「わかりました。お話ししましょう。文英を救っていただけるのでしたら」

玉玲は息を詰めて、老人の言葉を待つ。

「これでも私は皇族の末裔。先々帝の第二皇子、任親王の嫡子です」

幻耀は驚いた様子だったが、玉玲には任親王がどんな人なのかわからず、ただ目を瞬かせた。

「任親王というと、先々帝に対する謀反の罪で処刑されそうになったところを逃亡した？」

確認する幻耀に、老人は「さようです」と返し、話を続ける。

「父は最後まで罪を否定していましたが。謀反を企てれば一家郎党みな殺し。私たちも逃亡し、長く北の山村に身をひそめていました。不自由ながらも、それなりに穏やかな生活を送っていたのですが、酒の席で私が村人にうっかりもらしてしまったのです。息子はあやかしを視ることができると。その話が村長の耳に入り、とある高貴な家にも伝わりました」

幻耀が眉をひそめて尋ねた。

「とある高貴な家？」

「私たちには名を明かされませんでした。文英だけが邸に連れていかれたのです。その日から我々の運命は大きく変わった。私たち三人はこの邸に監禁され、厳しい監視のもとで暮らすことになりました。文英は皇城に連れていかれ、浄身したと聞き及んでおります。文英はきっと私たちのために……」

老人は涙声になって言葉を詰まらせた。

話せなくなった夫の代わりに、老婦人が話の接ぎ穂をつなぐ。

「おそらく、高貴な家の方は私たちの身の上まで調べあげたのでしょう。露見すれば一家みな殺しにされる。だから、文英は私たちを救うため、高貴な家の言いなりに……」

彼らが流す涙を見て、玉玲は怒りに近い感情を覚えた。高貴な家の人間、文英に無体な命令を下している黒幕に対して。

だから文英は何も言えなかったのだ。逆らうような行動を取れば、一家の罪を暴露される。

命令に従い、幻耀の命を狙ったのも、家族を守るためだった。少しでも怪しい動きを見せれば、家族を殺すと脅されていたに違いない。

「お願いです。兄を助けてください！　私はどうなっても構いません」

拳を握りしめていると、文英の妹が涙をこぼしながら懇願してきた。

泣き崩れそうになっていた父親も、目もとを袖でぬぐい、顔をあげて訴えてくる。

「私のせいで文英にばかりつらい思いをさせてしまった。今度は我々が罪を背負います」

「どうかお願いです。文英を……！」

悲壮さを帯びた三人の視線が切々と迫り、玉玲の胸を打った。

「太子様」

玉玲は思いの丈をぶつけるように幻耀の双眸を見つめる。彼らを助けてあげたい。もちろん文英のことも。そのためには、どうしても幻耀の力が必要だ。

視線で訴える玉玲に小さく頷くと、幻耀はまず文英の家族に、こう要求した。

「立ってくれ。あなた方には、すみやかに移動してもらう。玉玲、外で寝ている見張りをこの房まで一緒に運んでくれ。黒幕に気づかれないようにしておく必要がある」

「それは、もちろん構いませんけど。三人をどうするつもりなんですか？」

玉玲はいつにも増して険しい幻耀の顔をのぞきこむようにして尋ねる。

その問いに、幻耀はなかなか答えようとしない。彼も相当憤っているようだった。

❁

地平線の彼方に、炎のような色をした夕日が吸いこまれていく。

玉玲たちが京師の外門をくぐったのは、鼓楼の太鼓が響く閉門ギリギリの時刻だった。

城を出た時と同じ経路をたどり、北後宮へと戻っていく。文英のもとへ。

獄舎の檻房へ赴くと、文英は鉄格子でできた窓の前に立ち、暗い外を眺めていた。

「文英さん」

近づきながら呼びかけたところで、彼はようやく玉玲たちに気づく。

「玉玲様、殿下」

拱手の礼を取ってかしこまる文英に、玉玲はさっそく報告した。

「烏洲まで行ってきました。ご家族に会いましたよ」

一緒に獄舎の中へと入ってきた幻耀も、無表情で彼に声をかける。

「話は聞いた。お前は任親王の末裔なのだそうだな？」

しばらく瞠目していた文英だったが、我に返った様子でひざまずき、慈悲を乞うた。

「殿下、どうかお情けを。私は殺されても文句はありません。ですが、家族だけは――」

「ご家族は逃がしましたよ。安全な場所まで」

叩頭する文英を押しとどめるように、玉玲は告げる。

「俺があやかし討伐で各地を巡る際、拠点にしている邸だ。城の者には知られていない。そう簡単に居場所を突きとめられることはないだろう」

「もう何の心配もありませんよ。あなたの素性は聞かなかったことにします。だから、安心して全部話してください」

もう文英を縛るものは何もない。家族のことは幻耀が全て解決してくれた。家族から話を聞いた後、すぐに幻耀は彼らを西の町まで避難させたのだ。見張りは全て正房に閉じこめてあるので、しばらくは黒幕に気づかれる心配もない。その前に黒幕に対し、手を打つ必要がある。文英から話を聞き、全ての謎を解き明かす必要が。

「……そこまでしてくださったのですか？　私はあなたを殺そうとしたのに。お母上さえ手にかけようとしたのに」

震える声音でつぶやくや、文英は床に頭をこすりつけて謝罪した。

「申し訳ございません！　私は林淑妃を殺害しようとしました。雪艶は私のためにお母上を手にかけたのです！」

玉玲と幻耀は、稲妻を浴びたように目を見開く。

衝撃が大きすぎて、すぐに言葉の意味が頭に入ってこなかった。

幻耀ばかりでなく、彼の母親まで……？

放心する二人に、文英は「全てお話しします」と言って、少しだけ面をあげた。

「八年前、私は、ある方に林淑妃をひそかに殺すよう命じられました。できなければ家族を城に連行すると脅されて。私は悩み苦しみました。ですが、結局実行しようと決めたのです。罪が発覚したとしても、ある方の名前さえ出さなければ家族の命は保証してもらえる。そう聞いて。淑妃様を殺し、素直に捕まり死ぬつもりでした。ですが、私が実行する前に淑妃様は殺害されました。雪艶の手によって」

苦悩に満ちていた文英の顔に、悲しみの色が広がっていく。

「私が死ぬ覚悟でいたことを読み取ったのでしょう。それを止めるために、彼女は淑妃様を手にかけた。自分であれば誰にも気づかれることなく淑妃様を殺せると考えたのかもしれません。ですが、その犯行現場は見られていた。殿下、あなたに」

決して恨むようではなく、文英はただ悲しそうに幻耀の顔を見つめた。

「彼女が何の抵抗もなく捕まったのは、私に嫌疑が及ばないようにするためです。そして、偽りの証言をした。ただ憎らしかったから殺したのだと。そんなはずはありません。彼女は淑妃様を慕っていた。まるで友のように。殿下のことも弟のようにかわいがっていました。彼女は決して淑妃様が憎くて殺したわけではありません。全て私や家族を守るためにやったのです」

切々と訴える文英を瞠目して眺めていた幻耀が、少しずつ瞼を落として尋ねる。

「そのために黒幕は、お前を太監として北後宮へ入れたのか？」

彼が『そのため』と言葉を濁した理由が、玉玲にはわかる気がした。

幻耀と彼の母親を殺すため。つまりは北後宮で意のままに操れる刺客とするため。

文英は肯定するように頷き、黒幕の目的について補足する。

「今思えばそうだったのかもしれません。あの方はあやかしが視える従順な僕を欲していたのでしょう。地位を得るために。北後宮に置いておけばいつか役に立つと踏んで」

玉玲は唇をかみしめた。横暴な黒幕に憤りを覚えずにはいられない。

「それで、あなたに命じたわけですね？　宴に乗じて太子様を暗殺するようにと」

「さようです。ですが、暗殺は未遂に終わった。あの方も内心相当あせったことでしょう。殿下が護符について調べ始めた時は、大変気を揉んでおられました。あの方が護符の作成を依頼したのは、近郊の町にいる道士でしたから。調べられればすぐに暴かれる。もし突きとめられそうになった時は、罪を被るよう私に命じられました。もちろん自分の情報はいっさい伝えずに、死ねと。そうすればこれまでの働きに報い、家族は逃がしてやると言って」

文英は自嘲のような笑みを浮かべ、話を続けた。

「私には自決も、あの方の暗殺を謀ることもできませんでした。もし成功しても、彼女の手先が家族を城に突き出す。死罪を宣告された者が逃亡し捕まった場合、凌遅刑、最も無惨な死に方をしなければならない。とても家族を見殺しにはできなかった。だから、私は最後の命令に喜んで応じました。家族が助かるうえに、敬愛する殿下をこの手にかけることなく死ねるのですから。ようやく解放されると思ったのです。これで雪艶に会えると」

瞼を伏せて沈黙する文英に、幻耀が静かな怒りを瞳に宿して問う。

「もういいだろう。誰だ？　言え。黒幕の正体を」

玉玲も噴出しそうになる負の感情を抑えて尋ねた。

「誰なんですか？　あなたにひどいことばかり命じたのは？」

黒幕は高貴な家の人間、かつ幻耀がいなくなることで得をする人物。最も疑わしいのは宴の時、怪しい動きを見せた程貴妃だ。太子の座につかせたい皇子がいる他の夫人や、皇后の座を虎視眈々と狙う九嬪の誰かである可能性も捨てきれない。その中のいったい誰が——。

鼓動を高鳴らせる玉玲と幻耀に、文英が瞼を開くと同時に告げる。

「お答えいたしましょう。私に林淑妃と殿下を暗殺するように命じた方の名は、姜若曦。暘帝国の皇后です」

衝撃的な告白に、玉玲と幻耀は極限まで目を見開いた。

「……………まさか」

とても信じられず、口から乾いた声がこぼれる。

だって、皇后は幻耀の後見人で、最大の味方であるはず。

驚愕の表情を浮かべる二人に、文英は暗い目をして説明した。

「驚かれるのは無理もないことかもしれません。ですが、全ては姜氏の思惑通りでした。淑妃様を殺すことで、彼女は最も才能があるとされる皇子の後見人になることができた。姜氏は幻耀様、あなたを駒にすることで皇后の座を射とめたのです」

玉玲は話が呑みこめず、瞠目したまま口を挟む。

「それって矛盾していませんか？　太子様は皇后様にとって最大の武器。太子様がいなくなれば、皇后の座も危うくなるはずなのに。暗殺を謀るなんて」

「それは、他に扱いやすい後継者を見つけたからです。第十三皇子。幼いながら、高い霊力を備えた有望株だと聞きます。亡きご生母の実家は、我が国で多くの宰相を輩出している名門貴族の呉家。程貴妃の実家以上に力を備えた名家です。先だって、姜氏は呉家の当主と密約を交わされました。次期太子に第十三皇子を立てようと」

「せっかく後ろ盾をしている皇子が太子の座についたのに？」

理解できずこぼした問いに、文英も怪訝そうに眉をひそめて答えた。

「私も確かな理由までは聞いていないのですが、心許ないと思われたのかもしれません。林淑妃のご実家には何の力もありませんから。呉家が背後にいれば、今後程貴妃になめられることもないでしょうし。姜氏は殿下の掲げる政策にも不満を抱かれているようでした。殿下は意志が強く、傀儡とはなりえない。だから、幼く扱いやすい皇子を今のうちに手なずけ、自らの理想とする君主に育てあげるおつもりだったのではないでしょうか」

説明を聞いても、玉玲にはさっぱり理解できない。皇后の考えが。

幻耀のことを何だと思っているのか。次第に怒りがこみあげてきて、抑えきれなくなる。

「それって、御しやすそうな名馬を見つけたから鞍替えしようってことですよね。許せません！　そんなことで、養育していた皇子をあっさり殺そうだなんて！」

もちろん文英を脅し、利用し続けてきたことも、幻耀の母親を殺すよう命じたことも全て。彼らを苦しめ続けた皇后が、絶対に許せない。

「お怒りはごもっともです。ですが、姜氏の罪を明らかにすることは難しいかもしれません。彼女は非常に狡猾で、証拠を残しませんから」

怒りをみなぎらせる玉玲に、文英は暗い顔をしたまま指摘する。

「護符の作成者に証言させれば？　皇后に命じられて作ったのだと」

「万が一、護符の出所を突きとめられた際は、私に命じられて作ったと言うように作成者を脅迫しています。私が罪に問われるだけでしょうね」

「じゃあ、あなたがそのことを証言すれば」

「私は一介の宦官ですよ？　しかも謀反人の末裔です。誰が私の証言など真に受けるでしょう。証言したとしても、権力でねじ伏せられてしまいます。彼女の背後には、すでに呉家がついていますからね。決定的な証拠でもない限り、姜氏の罪を立証することはできないでしょう」

文英に説明されて、玉玲はハッと気づいた。そうだ、証言してしまえばきっと、文英の身の上まで精査される。祖父が謀反人であることを暴かれるばかりか、彼自身も罪に問われることになるのだ。そんなことはさせられない。

ならば、いったいどうすればいいのだろう。皇后の罪を暴くためには。

幻耀に意見を聞こうと思い、隣に目を向けた時だった。

「太子様⁉」

ふらついた幻耀の体を、玉玲はとっさに支える。

「心配するな。軽いめまいだ」

幻耀はそう言って額を押さえ、玉玲の体から離れた。

もともと体調が悪かったのに、こんな話を耳にしては無理もない。ずっと後ろ盾をしてくれていた養母が、母親と自分を殺すように命じたなんて聞かされては。

相当衝撃を受けているのだろう。どうにか立つことはできているようだが、顔色の悪さが尋常ではない。血の気がいっさいなく、まるで死人のようだ。

――死人？

その言葉をくり返したところで、脳裏にパッとひらめきが走った。

これしかないと確信した玉玲は、さっそく幻耀に申し出る。

「太子様、具合が悪いところ申し訳ないのですが、頼み事をしてもいいですか？」

幻耀は死人のような顔色のまま、玉玲を不思議そうに見て尋ねた。

「何をさせるつもりだ？」

彼の疑問にすぐには答えず、頭の中で細かい作戦を組み立てていく。

もはや皇后には何の遠慮も必要ない。必ず罪を認めさせてやるのだ。どんな手を使ってでも。

幻耀の母親を亡き者とし、彼らを苦しめた報いは受けてもらう。

眉をひそめる幻耀に、玉玲は決意をみなぎらせて言った。

「証拠がないなら、罪を白状させればいいんですよ。自分からね」

❁

その日の深夜、南後宮にある皇后の寝殿に、訃報が飛びこんだ。

「皇后様！　馬文英太監より連絡が！　太子殿下が薨去されたとのことです！」

侍女の報告を聞き、臥牀に入ろうとしていた姜若曦は驚愕をあらわにしつつ、心の中で小躍りする。ひそかに文英が薬に毒を混入させて、とどめを刺したのだと。自分の指示通りに。

彼は詰めが甘い。弓矢を使ってあやかしに暗殺させようとした時も、射損じることを懸念して鏃に毒を塗らせたのに、しっぽを掴まれそうになる始末だ。

だが、今度こそうまくいったらしい。文英には証拠の残りにくい砒霜を渡していた。

宴の一件で関係者は程貴妃を疑っていることだろうし、計画は順風満帆だ。

「すぐに北後宮へ！　支度を！　幻耀が死ぬなんて嘘です！」

若曦はお得意の演技で母親になりきり、北後宮へと向かう。

お供には宮女を四人。すぐに駆けつけてきたことを表現するため、格好は夜着に霞帔を引っかけただけ。髪はおろしたままで、化粧もしていない。これで演技に迫真さが増す。

若曦は自ら吊り灯籠を掲げ、先陣を切って北後宮の乾天宮へと駆けつけた。

侍女たちは少し遅れ、後方で息を切らせている。必死さが出て、なかなかいい。

「幻耀！　幻耀！」

名前を連呼しながら臥室の扉を押し開ける。

その部屋の奥、赤い緞帳を垂らした豪奢な臥牀に、幻耀は横たわっていた。体には白い夜着をまとい、長い黒髪はおろしている。顔色は真っ青だ。唇はかさかさに乾いていて、少しの赤みもない。呼吸も鼓動も止まっている様子だった。その証拠に、妃の玉玲が幻耀の胸に顔を埋めて泣き崩れている。

わざわざ彼女をどかしてまで確認する必要はないだろう。これは完全なる死体だ。

「……ああ、太子様！　どうして私を置いて、逝ってしまわれたのですか……！」

しゃくりあげる玉玲を見て、若曦は確信し、そして歓喜した。ついに念願が叶ったと。

「幻耀！　嘘だと言ってちょうだい！　ああ、幻耀！」

若曦は両手で顔を覆いながらくずおれ、悲劇の母親を演じる。少し大げさすぎるほどに。本物の涙まで流してみせた。これくらいは朝飯前だ。自分はこの演技力で、嫉妬と陰謀渦巻く後宮を渡り歩き、至高の座を射とめた。

「皇后様、そんなに嘆かれてはお体にさわります。またお倒れになりますわ」

「今宵はもう遅いですし、一度宮殿へ戻ってお休みになっては？　お顔の色が優れませんわ」

これだけ嘆いておけばいいだろう。若曦は侍女たちの意見を受け入れ、宮殿から去ることにした。ふらふらになりながら。今にも倒れそうに。あまり長く演技を続ければぼろが出るだろうし、何より面倒くさい。思いとは裏腹な演技をするのは、とても疲れる。

吊り灯籠を持たせた二人の侍女に前を歩かせ、残り二名には体を両側から支えさせた。

これでようやく思い通りに事が運べる。幻耀に対する忌々しい演技からも解放される。

笑いをかみ殺しながら、宮殿の走廊を歩いていた時だった。

走廊の先に赤い何かがよぎる。独りでに燃える真っ赤な火の玉が。

「ひっ！」

前を歩いていた侍女が小さな悲鳴をあげるや、今度は何もない場所からドンドンと音が響いた。床から、壁から、近くの窓からも。

「きゃ〜〜〜っ！」

侍女たちは大きな悲鳴をあげ、我先にと逃げ出した。主人である若曦を置いて。

四人全員が脱兎のごとく宮殿から駆け去っていく。

若曦もすぐに後を追おうとした。

しかしその瞬間、すぐそばの扉が勢いよく開き、逃亡を妨げられてしまう。

すると、八つあった部屋の扉が独りでに動き出し、閉まったり開いたりをくり返した。

怪奇現象の連続に、若曦は全身が震えて一歩も動けなくなる。

もはや何が起きているのかわからない。恐慌をきたし、頭は混乱状態だ。

そんな若曦に次の刹那、追い打ちをかける出来事が起こる。

いったん閉まって停止していた一番奥の扉が、今度はゆっくりと開いた。

誰かが緩慢な動きで走廊へと出てくる。

背中まで流れる黒い髪。長身の体には、白い夜着をまとっている。顔色は真っ青で、口にも肌にもいっさい血の気がない。かさかさの唇には、先ほどは見えなかった赤い液体が。

口から血を流した青年が、走廊の先にうつろな表情で立っていた。

「……幻……耀……？」

若曦は慄然としながら、信じられない思いでつぶやく。

いや、嘘だ。見間違えだ。幻耀はもう死んだ。彼は後方の部屋に横たわっていた。

それなのに、ずっと先の部屋から出てくるわけがない。

あれが幻耀なのだとしたら、まぎれもなく亡霊の類――。

その亡霊はゆっくりとこちらへ近づきながら、恨めしそうに口を開いた。

「……なぜですか？　なぜ私を殺したのです……？」

「ひいっ！」

若曦はひきつった悲鳴をあげ、ついに腰を抜かして後ろに倒れた。

尻餅をつく若曦に、幻耀の亡霊は容赦なく迫っていく。

「……聞きましたよ、義母上。冥府にいた母に全て」

若曦は大きく見開いていた目を数度瞬かせた。

何のことかと問うような顔をする若曦に、幻耀は低い声音で指摘する。

「あなたは、文英に母を殺すよう命じましたね？　そればかりか、私まで。何が気に入らなかったのです？　私はあなたの意に沿い、太子の座を射とめたではないですか？　教えてください。理由もわからないままでは、死んでも死にきれない。さあ、義母上！」

目を剝きながら迫る幻耀に、恐怖のあまり我を忘れた若曦は、完全に開き直って答えた。

「憎かったのよ！　お前も、林淑妃のことも！　下賤の分際で、主上の寵愛を独り占めにしたあの子が！　妾の地位を脅かす下等な女狐が！」

知られているのなら、隠してもしょうがない。しかも、相手は亡霊だ。

理由がわかれば幻耀も納得して成仏するだろう。自分にとっては正当な理由があるのだ。

はっきりと教えてやろう。憎き女の息子に。

「妾はね、将来皇后になるよう父に厳しく教育された。姜家は由緒正しい家柄で、自分の血に誇りを持って生きてきた。でもね、上には上がいたのよ。家柄も、美しさも、才能も。せめて人柄だけはよく見せようと、侍女たちには優しく接したわ。あなたの母親にもね。せっかく目をかけてやったのに、あの女は妾から主上の寵愛を奪った！　それどころか霊力に恵まれた皇子まで産んで！　妾の子はいっさいの霊力もなく瘧で夭逝したのに！　妬ましくて仕方がなかったわ！　だからね、奪ってやったのよ、お前を。あの女狐から！」

若曦は幻耀へと言い放ち、高らかな笑い声をあげる。次第に興が乗ってきた。この際だから、何もかもぶちまけてやる。

「妾はね、本当はお前のことも憎くてたまらなかったわ！　だって、あの女の血を引いているのですもの！　お前は女狐にそっくりだったわ。あやかしが視えて、誰とでもすぐに仲よくなって、身分の低い者にも手を差しのべようとする。お前はどんどん妾好みに変わっていったけれど、大事な部分だけは矯正できなかった。お前は以前妾に言ったわね。将来皇帝になったら、身分にかかわらず能力のある者を重用したいって。くだらない理想論だわ。この国で大事なのは血筋よ！　程貴妃には悔しくて反対のことを言ったけどね！」

あの貴妃にも本当に虫酸が走る。あの女は自分と考えがよく似ているのだ。家柄と血筋こそ尊ばれるべきもの。貴妃は自分より血統がいいから彼女の前では同意できなかったが、考えは変わらない。林淑妃の血を引く子など、皇位につくべきではないのだ。

「お前に妃を勧めていたのもね、手駒を近くに置いておきたかったからよ！　子どもを産ませるつもりなどなかったわ。お前には遠からず消えてもらう予定だったからね。将来の皇帝には、呉淑妃の子のように才能があって、血統もいい皇子がふさわしい。だから殺すように命じたの。お前はもう用済みよ！　さっさと消えなさい‼」

若曦は目的も考えも全てぶちまけ、幻耀をにらみつけて言い放った。

だが、幻耀は動かない。こちらをただ凝視し続けている。

「何よ？　まだ納得できない？　ならば、どれだけお前を疎んでいたか、もっと聞かせてあげましょうか？」

あの目に見られていると、たまらない気分になり、更に言い募ろうとした時だった。

「もうよい。十分だ」

突然どこからか低い声が響いた直後、一つ先にある部屋の扉が開く。

背の高い壮年の男性が、ゆっくりと姿を現した。

引きしまった体軀にまとっているのは、団龍の刺繡が施された黄色い龍袍。

一つに結いあげた黒髪は、十二琉の玉飾りを連ねた冕冠の中に収めている。

よく見知った男性が、厳めしい顔つきでこちらを見おろしていた。

若曦は震えながら声をもらす。

「……主……上……」

ありえない。どうして、皇帝がここに？　これは悪夢なのか？

夢なら覚めてほしいと願っていたところで、皇帝の後方から若い女性が現れた。

幻耀がめとった唯一の妃、玉玲だ。さっきまで泣き崩れていたはずなのに。涙の跡もなく、まっすぐに立っていたのだった。こちらを毅然とにらみつけて。

「……どうして、あなたが……？　……主上がなぜ、ここに……？」

皇后が視線を泳がせながら、呆然とした表情で尋ねてくる。

「私がお呼びしたのですよ。興味深い告白が聞けるからと、無理を言ってね」

幻耀がふところから取り出した手巾で口もとをぬぐいながら答えた。

彼が先ほどまで口から流していた液体は血ではない。木苺をすりつぶした果汁に片栗粉を少しまぜた、血液っぽい液体である。

「あなたから供述を得るために、いろいろと仕かけさせてもらいました。あやかしたちに協力してもらってね」

玉玲が告げると、力を貸してくれたあやかしたちが、次々と走廊に姿を現した。

「ふふんっ。その女の驚く顔を見たら、ちょっとスカッとしたわ」

そう言ったのは、幻耀に死に化粧を施し、火の玉を演出してくれた漣霞だ。

「ああ、やってやったぜ！　おいらたちのお手柄だ！」

扉の開閉と音響を担当してくれた莉莉が、得意げに主張する。

「悪女よ、お前もここで終わりだ。我が輩が成敗するまでもない」

「おとなしくお縄につくニャ！」

三毛に茶トラの猫怪が、くずおれている皇后に昂然と言い放った。

他にも違う毛色の猫怪や狐精の姿もある。彼らにも壁や窓を叩いたり飛びはねたりして、音を立ててもらった。あやかしは人には視えないが、物を動かしたり音を立てることはできる。短い松明を持って走るだけで、火の玉がよぎったように見えるのだ。

協力してくれたあやかしたちには、全て事情を話してある。心を込めてお願いしたら、みな快く脅かし役を引き受けてくれた。ちなみに玉玲の役割は、今回の作戦の総指揮だ。皇后が幻耀の体を調べないように工夫して演技をしたり、芝居の脚本や演出も担当した。

幻耀が自室から走廊の奥まで移動したのも簡単な話。窓から出て、走って奥の部屋の窓から室内に進入し、走廊に出ただけだ。少しまぬけなので、計画を話した時、幻耀には渋られたけど。亡霊をうまく演じて、皇后に一泡吹かせることができたし、大成功だと言っていい。皇后をおびえさせてだまし、皇帝の前で罪を暴露させようという作戦は。

あやかしたちには、後でお礼にご馳走を作ってあげよう。

「皇后、余の前で供述したな。林淑妃と幻耀を殺すように命じたと」

達成感にひたっていると、皇帝が皇后を冷ややかに見おろして告げた。

「ち、違います！　妾は言わされたのです！　誘導尋問ですわ！」

我に返った皇后は、必死になって弁明する。

「主上、どうかお聞きになってください。妾は恐怖で錯乱し、思いもしなかったことまで告白させられたのです。酒や薬等で錯乱した人間の言葉は、証言には値しない。律令にはそう記されておりますわね。何より妾が命じたという証拠がないではありませんか！　妾は駁正権を行使します！」

あまりの往生際の悪さに、玉玲は閉口してしまう。ずいぶんと頭の回る女性だと思った。

駁正権。皇族には、確たる証拠がない場合、拘禁を拒否し、裁判を受ける権利がある。

この場をうまく言い逃れて、呉家まで表に出てきたら厄介だ。

「幻耀、このような奸計、妾には通用しませんよ。国母たる妾を陥れたいのであれば、まずは証拠をそろえてからになさい！」

ふてぶてしく言い放つ皇后に、あきれながらも危機感を覚えたその時――。

「証拠ならございます」

後方から響いた声に、玉玲はハッとして振り返る。

「文英さん!?」

部屋で待っているよう言っていたのに、文英がこの場へと割って入り、口を開いた。

「主上、私は皇后様に林淑妃と幻耀様の殺害を命じられました。証人である私の存在こそが、皇后様の罪を示す何よりの証拠です」

皇后がカッと目を剝き、文英をにらみつける。

「文英、お前――！」

「私を脅そうとしても無駄ですよ、皇后様。もう何も怖くありません」

文英は毅然として告げるや、皇帝に目を向けて進言した。

「主上、本人の供述に私の証言が加われば、もはや皇后様の罪は明白となるのではないでしょうか？　私はいくらでも尋問を受けます」

玉玲は胸を詰まらせながら、文英の顔を見つめる。

「文英さん、そんなことをしたら……」

彼は自らの罪を明らかにすることで、皇后の罪を決定的なものにしようとしたのだ。それを言ってしまえば、いくら命じられたからとはいえ、死罪は免れないのに。

「わかっています。助からないことは。ですが、いいのです。すでになかったはずの命。それを少しでも主人のために役立てることができるのですから。殿下を排除しようとする輩は徹底的につぶしておかなければ。害悪は私が冥府まで連れていきます」

文英は穏やかな表情で告げ、ゆっくり瞳を閉じた。

「皇后と太監を捕らえよ。獄舎で詳しく取り調べるのだ」

皇帝が部屋に待機させていた護衛の宦官に命じる。

四名の宦官たちは「御意」と返し、皇后の方へ近づこうとした。

しかし次の瞬間、皇后がふところに手を伸ばし――。

「うわぁぁぁ――っ！」

絶叫に近い奇声が玉玲の耳朶をなぶる。

皇后が護身用と思われる短刀を振りかざし、幻耀へと襲いかかった。

とっさに玉玲もふところから短剣を取り出し、得物を握った皇后の右手に向かって投げつける。作戦を実行する前、万が一に備えて忍ばせていたものだ。

玉玲が放った短剣は矢のような速度で空を切り、狙い通り皇后の右手に命中。

皇后は小さな悲鳴をあげ、得物を取り落とした。

雑伎団で磨いた短剣を扱う技術が、思わぬところで役立ってくれたようだ。

小さく安堵する玉玲だったが、それも束の間のこと。皇后はまだあきらめてはいなかった。

苦痛に顔をゆがめながらも、左手で短刀を拾いあげようとする。追いつめられたことで自暴自棄になり、幻耀に一矢報いてやろうと凶行に及んだのだろうか。もはや正気の沙汰ではない。

皇后が柄にふれようとしたところで、今度は黒い影がよぎった。

莉莉だ。短刀をくわえ、皇后の手が及ばない場所まで颯爽と逃げていく。

玉玲は驚く皇后の背後に回り、これ以上の無茶はさせまいと、彼女の体を羽交い締めにした。

「は、放せっ！　ただで捕まってやるものか！　あの女狐の息子も冥府へ送ってやるのよ！」

皇后は玉玲の腕を振りほどこうと、暴れに暴れながら吐き散らす。

「させません！　彼はこの国にとって必要な方です！」

「国に必要ですって？　幻耀に臣下たちを導く力などあるものですか！　せいぜい霊力があるくらいじゃないの！　妾だけじゃない。高官たちはみな、出自を重視している。誰も幻耀になんかついていきやしないわ！　お前のように無愛想で冷たく卑しい下郎など――」

「いい加減にしてください！」

ついに我慢の限界を超えた玉玲は、皇后の腕を放すや、頬に思いきり平手打ちを食らわせた。清々しさを覚えるほど高い破裂音が、緊迫した空気を割る。

もはや一発殴ってやらなければ気が済まなかった。

「血のつながりがなくても、あなたは太子様の母親でしょう！　彼にとって数少ない味方だった。あなたを義母と呼び、頼りに思ってきたんです。それなのにこんなひどいこと……。もう太子様を傷つけるのはやめてください！　これ以上彼の心を踏みにじらないで！」

信じていた存在に裏切られ、養母にまで凶刃を向けられた幻耀の気持ちを思うと、胸が痛くて仕方がない。彼を傷つける存在が許せなかった。少しでも痛みを思い知らせてやりたかった。

束の間瞠目していた皇后だったが、すぐ顔に怒気をにじませ、左手で反撃しようとする。

「この小娘っ！　幻耀以上に卑しい捨て子の分際で！」

「おやめください、義母上、いえ、姜皇后！　俺のことは何とでも言えばいい。でも、彼女を侮辱し傷つけることだけは許さない」

皇后が玉玲に平手を浴びせようとしたところで、幻耀がその手首を掴みとめた。

険を帯びていた幻耀の双眸から鋭さが消え、真摯なまなざしとなって皇后の目を射貫く。

「あなたの言うように俺は無愛想で未熟な人間です。出自を重視する高官たちにはさぞ疎まれていることでしょう。それでも俺は母の息子であることを恥じたりはしない。出自によって差別されることのない国を築いてみせる。身分も、そして種族さえも関係なく、みなが心安らかに暮らせる場所を。こんな俺でも信じてくれる者たちと、自分自身が信じられる存在と共に」

迷いのないまっすぐな瞳を見て、玉玲は安堵する。彼は皇后の言葉に打ちのめされてはいない。思っていたよりもずっと気丈で、確固たる信念を持った強い男性だ。

「だ、誰がお前のことなど信じるものですか！」

皇后が反発の声をあげるや、玉玲は即答した。

「私は信じています」

「私もです」

すぐに文英が賛同し、漣霞や莉莉たちも言葉を連ねる。

「あたしだって信じてるわ」

「まあ、玉玲が信じるって言うなら、おいらも信じてやらなくはないぜ」

「玉玲のつがいだしニャ。ここを暮らしやすい場所にしてくれるなら、僕も信じるニャ！」

「我が輩もだ。まあ、今後の働き次第ではあるがな」

言葉が通じないあやかしたちは、己の意思を主張するようにドンドンと音を立てた。

「ひぃっ!」

何もない場所から突然音が響いたことに、皇后はまた吃驚して腰を抜かす。

錯乱している皇后を、玉玲は静かに見おろして言った。

「皇后様、あなたはとても悲しい人ですね。せっかくできた息子を信じてあげることができないなんて。きっとここで暮らしているうちに権力しか信じられなくなってしまったのでしょう。あなたにも同情できる部分はある」

後宮のよどんだ空気が彼女の心を蝕み、子どもを亡くしたことで変わってしまったのかもしれない。たとえ損得があったのだとしても、長い間幻耀を支えてくれた人だ。彼が一度は信じた女性でもある。もともとは優しい人間だったのだと思いたい。

「私たちを信じてくれとは言いません。ただ、どこかで見守っていてもらえませんか? 太子様がこれから築く国を。私も力の限り彼を支えます。もう二度と瘧で大切な人を失うことはないように。あなたみたいに傷つき悲しむことがないように。後宮を心安らかに暮らせる場所に導くと誓うから」

玉玲は皇后を慈しむように見つめながら決意を伝え、そっと手を差しのべた。

しばらくの間、瞠目したまま玉玲を見あげていた皇后だったが。

「……そんなこと、できるはずがない! もし後宮がそんな場所であれば、妾は……、妾の息子は……っ!」

途切れ途切れに訴えていた彼女の目に、涙がにじみ出す。

頬を伝って床にこぼれ落ちるや、皇后は堰を切ったように声をあげて泣き始めた。

「ううっ、あああっ……！」

彼女の悲痛な慟哭が夜のしじまにむなしくこだまする。

亡くなった息子のことを思い出しているのだろうか。それとも自らの不遇を嘆いているのか。

胸を詰まらせながら皇后の心境を慮っていると、皇帝が冷ややかに命令した。

「連れてゆけ」

「御意」

四名の宦官たちは即座に応じ、皇后と文英の体を二名ずつにわかれて取り押さえる。

泣きじゃくっていた皇后は、ほとんど二名の宦官に体を預ける形で連行された。

対して、文英は毅然と顔をあげ、自ら前へと歩いていく。

「文英さん！」

このまま別れてしまうのは耐えがたく、玉玲は彼のもとへと駆け寄った。

「お礼を申しあげます、玉玲様。殿下はこの短い間に見違えるほど変わられた。あなたのおかげなのでしょう。私がいなくなっても大丈夫です。あなたがそばにいてくださるのですから」

少しの間立ちどまった文英は、穏やかな表情で告げ、また先へと足を踏み出す。

玉玲は幻耀を振り返り、視線だけで訴えた。このまま何も言わずに見送っていいのかと。

文英たちはどんどん遠ざかり、走廊の奥へ消えていこうとしている。

彼らが宮殿を出る間際になって、幻耀はようやく言葉を発した。

「文英!!」

玉玲よりも力強い声で。名残惜しそうに。どこか悲しそうに。

背中をじっと見つめていた幻耀に、文英は一度だけ振り返り、微笑んで告げる。

「あなたが語ってくださった国が私の理想とする場所です。冥府から雪艶とふたりで見守っています。あなた方がこれから築かれていく国を」


文英たちの姿が消え、宮殿の周辺には長い長い沈黙が落ちた。

皇帝は特に何も告げることなく護衛たちと去っていき、あやかしたちは空気を読んでくれたのか、自らの住処に戻っていった。

玉玲と幻耀だけが、宮殿の入り口に粛然として立っている。

幻耀はいつまでも文英の後ろ姿を見送っていた。背中が見えなくなっても、いまだに。

「太子様」

そっとしておこうか迷ったが、玉玲は声をかけることにした。彼がまだ迷っているように見えたから。一人で答えを見つけられないのであれば、背中を押してあげたい。

「このまま事件に幕を引いてもいいんですか？　文英さんを死なせてしまっても」

問いかけてしばらく待つも、応えはない。誰もいない遥か遠くをただじっと見つめている。

「彼自身は誰も手にかけていません。暗殺未遂事件のことだって、家族を助けるために仕方なく姜皇后に従ったんです」

「わかっている。だが、文英の犯した罪は明白だ。教唆されたとしても皇族を暗殺しようと謀れば死罪は免れない。それがこの国の法だ。俺は太子として法を遵守しなければならない。どうしようもないことだ」

幻耀は、玉玲にではなく、自らに言い聞かせるように主張した。

玉玲には、彼が必死にあきらめようとしているだけにしか見えなかった。でも、あきらめきれない。だから、まだここにいる。

「太子としてではなく、あなたのお気持ちはどうなんですか？　このまま文英さんを見殺しにして、後悔することなく生きられますか？　彼はあなたを幼少の時から見守ってくれていた、兄のような存在なんですよね？　本当に失うことになってもいいんですか？」

玉玲は怒濤のごとく質問した。本当の気持ちを暴き立てるように。

それは、あきらめようとしている幻耀には、残酷な質問なのかもしれない。でも、文英を信じる気持ちがまだ残っているなら、少しでも彼を大事に思っているのなら、あきらめてほしくなかった。可能性があるなら、賭けてほしい。とても難しいことを言っているのはわかるけれど、玉玲もあきらめたくないのだ。守りたい。文英のことも、幻耀の思いも。これ以上彼に大事なものを失わせたくない。

祈るような気持ちで返事を待っていると、幻耀は肩をすくめ、ため息まじりにこぼした。

「またお前に叱咤されることになるとはな」

宮殿の中へと歩き出した幻耀に、玉玲は戸惑いながら声をかける。

「太子様」

彼の考えが読めず、不安を覚えて腕を引く玉玲だったが。

「大丈夫だ、玉玲。俺はまだ文英をあきらめない」

強い光に満ちた迷いのない目を見て、幻耀の腕から手を放す。

きっと彼にはもう自分の言葉なんて必要ない。一人で答えを見つけられる。

玉玲は幻耀の背中をただ見つめながら願った。

彼が納得のいく答えにたどりつけるように。みなが幸せになれる道が見つかるように。

早朝。準備を済ませた幻耀は、とある場所へと向かっていた。

自分はありえないことをしようとしている。半月前であれば考えもしなかった選択だ。

全て彼女のせいであることは明白だった。型破りで、おせっかいで、無鉄砲なところもあるが、底抜けに明るくて、あきれるくらいに前向きで、思いやりのある少女の。

『信じて動く方が、恨んだり疑ったりすることより幸せだと思うから』

ふいに、烏洲で言われた彼女の言葉が脳裏をよぎった。

もしかしたらあれは、自分の過去も思いも察したうえで贈ってくれた言葉だったのだろうか。

そんなことを考えながら、北後宮の大路を南下していく。

向かっているのは、乾天宮の南西にある獄舎。罪を犯した人間を一時的に収容する、長らく使われていなかった場所だ。この北後宮には今、ほとんど人がいないから。昔は太子の妃や子ども、それらに仕える宮女や宦官が大勢いた。あやかしたちも今より自由がきき、そこかしこで見かけたものだ。今とどちらがいいか。

そんなこと、考えるまでもない。心の中で自答しながら歩いていると、前方に石造りの質素な建物が見えてきた。そこに、これから会おうとしている樹妖がいる。

同じ属性の木が近くになければ、樹妖は姿を消す妖術が使えない。護符を奪えば、母体となる木に魂が戻ってしまう。だから、捕らえるだけにとどめていたのだ。

幻耀は獄舎に入り、すぐ先にある狭い檻房の前で足を止めた。

鉄格子でできた入り口の向こうに、若い女性が背中を向けて寝転がっている。薄茶の髪と薄桃色の瞳は、彼女の姉と同じ。顔も姉妹だと言われれば納得できるほど似ているが、長身な姉に対して彼女は低く、穏やかで優しかった雪艶とは、性格や雰囲気が全く違う。

「雪珠と言ったな」

静かに呼びかけると、雪珠はハッとした様子で起きあがり、こちらを鋭くにらみつけた。

「貴様は――！」

敵意を剝き出しにする雪珠に、幻耀は淡々とした口調で伝える。

「文英は全てを自白して捕らえられた。死罪は免れないだろう」

雪珠はカッと目を見開き、憤りをあらわに言い放った。

「ならば、私のことも殺せ！　本懐を遂げられなかったのだ。もう生きている意味はない！」

幻耀は鞘に包まれた短刀と薬包をふところから取り出し、鉄格子の隙間に置く。

「自刃か賜薬か、死に方を選ばせてくれるというわけか。だが、あやかしには毒も薬もきかない。そんなことも知らないのか？」

「誰も死ねとは言ってない。それで本懐を遂げればいい」

雪珠は眉をひそめて「本懐？」とつぶやき、再び敵意を向けた。

「それは貴様を殺すことだ！」

「いや、違うな」

幻耀は即座に否定し、一晩考えて出した答えを突きつける。

「共犯者の名前を吐くように迫った時、お前は命を犠牲にしても文英の秘密を守ろうとした。

姉が命がけで守ろうとした男を自分が守る。それがお前の本懐だ。違うか？」

　雪珠は雪艶の半身のような存在だと、文英が話していた。だとしたら、きっと幻耀に恨みを晴らすことより、文英を守りたいと考えるだろう。雪艶は己のことより他を気遣うようなあやかしだった。性格は違っても、根本は変わらないはずだ。姉が大切にしていたものを、きっと雪珠も大事に思っている。

「俺は確かに、お前の姉を滅した。仕方のないことだと思っている。だが、俺は母を失った悲しみにとらわれ、雪艶の事情を慮ることができなかった。その詫びとして、お前には本懐を遂げさせてやる。雪艶を死に追いやった皇后のことも必ず裁くと約束しよう」

　決意を伝えると、雪珠は見開かれた目をわずかに揺らした。

「その薬包の中身は眠り薬だ。獄卒や門番に盛れば半日は目覚めないだろう。人の目に映らないあやかしならば、いくらでも薬を盛ることが可能だ。霊力のある人間に気づかれたら、その短刀を使え。しびれ薬を塗ってある。軽く皮膚を傷つけるだけでいい。お前の身体能力と先導があれば、脱獄も不可能ではないはずだ」

　幻耀は檻房の鍵を開け、作戦について補足する。

「東門の呪符は一時的に効力を弱めてある。護符を持ったあやかしであれば、簡単に通れるだろう。城から人を連れて逃げることは、容易ではないだろうがな」

　理解が追いつかなかったのか、雪珠はしばらく瞠目したまま押し黙り、不可解そうに尋ねた。

「この刀で私が貴様を襲うとは考えなかったのか？」

幻耀は小さく頷き、瞼を伏せて答える。

「どうやら、俺は変わりきれていなかったらしい。捨てられなかったのだ」

信じる気持ちを。思い出させてもらったと言っていい。一人の少女と仲間のあやかしたちに。

玉玲が背中を押してくれなければ、今ここには立っていないだろう。彼女の行動力と影響力には毎度驚かされる。後宮の空気を変え、かたくなだった自分の心まで動かした。本当に不思議な少女だ。

束の間だけ苦笑した幻耀は、雪珠をまっすぐ見すえて告げる。

「母体となる木から長く離れれば、寿命を失うことになる。人の一生くらいは生きられるだろうが。それでも、お前は城から離れ、文英を守る覚悟があるか？」

雪珠は少しの迷いも見せることなく即答した。

「ある」

真剣なまなざしを向けてきた雪珠に、幻耀は最後の言葉を贈る。

「もし、うまく脱獄できたら、融陶の北の外れへ連れていくといい。これからは家族と共に暮らせるだろう」

ずっと優しく見守ってきてくれた、兄のような存在だった。

命をかけて守ってくれた、たった一人の近臣だった。

数奇な運命に翻弄され、自由を奪われ続けてきた文英。

これからの人生は、家族に囲まれた穏やかなものであればいい。

――どうか幸せに。

強く祈りながら幻耀は、駆け出す雪珠の背中を見送ったのだった。


朝の日差しが木もれ日となって降り注ぎ、さわやかな風が木々の間を吹き抜けていく。

東へ向かう雪珠を木陰から見送った後、玉玲は西の園林へと向かっていた。

会いたい人がいる。どうしても話したいことがある。彼がそこにいるという確信があった。

雪珠と雪艶の母体である桃の木の前。母親が殺された因縁の場所に、彼は立っていた。

今はもう宿る者のいない桃の木を、感慨深そうに見あげて。

「あなたはやっぱり優しい人ですね。ずっと変わりませんね」

玉玲は彼へと近づきながら、静かに声をかけた。

幻耀がゆっくりと振り返る。言葉の含むところに気づいたのか、少し驚いた表情だ。

自分から訊いた方がいいだろうか。彼が己の意思で話してくれるのを待っていたのだけど。

話を切り出そうとする玉玲だったが、その前に幻耀が口を挟んだ。

「玉玲、話がある。聞いてもらえるか？」

真剣な表情で見つめてくる幻耀に、玉玲は背筋を正し「はい」と答える。

幻耀は思いを馳せるように瞼を伏せ、重々しく唇を開いた。

「昔、この区域に嘘つきな少年が住んでいた。無力で、愚かで、身のほど知らずな。名前を阿青という。十年前まで呼ばれていた俺の小名だ」

玉玲は幻耀の告白をしみじみと受けとめる。驚きより喜びの方が勝っていた。彼が自分から真実を伝えてくれて。この時をずっと待っていたのだ。

少しずつ瞼を開いた幻耀は、微笑んでいる玉玲を見て、複雑そうに眉をゆがめた。

「いつから気づいていた？」

玉玲は朗らかな顔をしたまま答える。

「妃になった翌日、あなたがあやかしのいたずらから私をかばってくれた時でしょうか。冷たそうに装っていたけど、本当は優しい人なんだってすぐにわかりました」

ここで初めて会った時は、あまりにも雰囲気が違いすぎてわからなかったけど、あの時気づいた。彼は十二年前、杜北村で玉玲と猫のあやかしを救ってくれた少年、阿青であると。

「そんなに前からか」

幻耀は深いため息をつき、悔やむような表情で玉玲を見た。

「俺はずっと嘘をついていた。お前には謝らなければいけないな」

玉玲は直ちに大きくかぶりを振る。彼を責めたいわけじゃない。

「何か事情があったのでしょう？　話してください、太子様。私、全部受けとめます」

まっすぐ見つめながら訴えると、幻耀は瞑目して口を開いた。

「別にたいした事情じゃない。俺は変わってしまったからだ。もう昔の阿青とは違う。そして、阿青としてお前の前に立つ資格がないと思ったから。必ず守ると約束したのに、あの時の猫怪は結局、兄に殺されてしまった。約束を破ってしまい、合わせる顔がなかったのだ」

その話を聞いて、玉玲は杜北村で出会った青年のことを思い出す。

「……兄。十二年前、杜北村であやかしを斬った青年は、第二皇子だったんですね？」

北後宮で初めて幻耀を見た時、あの青年と姿が重なった。

「そうだ。杜北村から城に戻った後、俺は北後宮に猫怪を連れていき、兄に殺されることがないよう常に見張っていた。だが、あの猫怪は仲間を殺された恨みにとらわれていてな。兄に襲いかかった」

幻耀の眉間に、後悔と苦渋を示す線が刻まれる。

「俺は約束を守れなかった。変わらなければ、俺が強くなってあやかしたちを守らなければ、そう思うようになったのは、お前との出会いがあったからかもしれない。兄が太子になれば、きっと更に多くのあやかしが苦しむことになる。だから、俺が太子となり、あやかしたちを守ろうと思ったのだ。人間もあやかしも関係なく、みなが心安らかに暮らせる場所を造ろうと」

「……心安らかに暮らせる場所」

昨夜も耳にしたその言葉が胸に重く響き、玉玲はかみしめるように復唱した。

「瘧鬼を払った日、お前がくれた言葉でもあるな。あの時、俺は昔の理想を思い出したのだ」

幻耀は玉玲の目を見て頷き、また瞼を落として述懐する。

「俺は理想を現実とするため武芸の鍛錬に励み、太子の座を得ようとした。だが、信頼していたあやかしに母親を殺され、当初の目的を忘れるようになった。兄にも殺されかけ、人間らしい心まで失ってしまった。感情を殺せば胸が痛くなることはない。誰かを信じなければ裏切られることもない。苦しまずに済むのだと」

玉玲は幻耀の隠された思いを知り、胸が張り裂けそうになった。彼は感情を封じ、他を拒絶することでしか、つらい過去を乗り越えることができなかったのだ。

「俺はこの十二年ですっかり変わってしまった。そう思っていたのに。お前と再会して、俺は昔の自分を思い出した。信じる気持ちを取り戻すことができたのだ」

幻耀は少しだけ表情をやわらげ、肩をすくめてみせた。

「だが、やはり『阿青』は名乗れないな。俺は子どもの頃とは全く違う。好ましかった昔の印象とかけ離れていて、幻滅したのではないか？」

「するわけないじゃないですか！　太子様は昔のままです！」

玉玲は即答する。変わったのは外見と言葉遣いだけ。つまりは見せかけだけだ。中身は全く変わらない。優しいままであることに安堵した玉玲は、幻耀の体に抱きついた。

「玉玲っ？」

幻耀が少しひるんだ様子で名前を呼んでくる。

「再会する日を夢に見ていたんです。やっと会えた」

玉玲は無邪気に笑い、念願が叶ったことを素直に喜んだ。もう半月以上も前に会ってはいたのだけれど。彼がようやく認めてくれたから、今再会したことにしよう。子どもの頃からずっと会いたかった、あの優しい少年に。

彼が大人になっても変わらないでいてくれて、本当にうれしい。

感情のままに体を抱きしめていると、幻耀がおもむろに問いかけてきた。

「玉玲、将来皇后になる気はないか？」

思いがけない言葉に、玉玲は目をしばたたく。

幻耀は玉玲の両腕に手を添えて、少しだけ体を離し、今度はまっすぐ顔を見て言った。

「お前は思慮深く、機転がきき、行動力もある。何よりあやかしや瘴気まで視えるし、皇后に向いていると思うのだ。だから契約ではなく、正式な妃にならないか？　将来皇后になることを前提に」

玉玲は胡桃のように目を丸くする。まさかの永久就職、無期限契約申請だった。

俸給はいいし、今ではもふもふの友達もたくさんいる。仕事はやりがいがあるし、雇い主も理解があって優しい。こんなにいい勤め先は、なかなかないけれど。

「その申し出、謹んで辞退します」

玉玲はかしこまりつつ、きっぱりと答えた。

「家族との約束があるから、期間限定って契約だったじゃないですか。もちろん、その間後宮をよくできるように尽力しますし、契約が切れても必要とあれば力をお貸しします。中途半端に仕事を投げ出したりはしません。ただ、将来皇后になるというのは……。ふさわしくないですよ。私、捨て子ですし。がさつで色気もありませんし」

皇后になるのは、さすがに荷が重すぎる。いずれは雑技団に戻り、旅も再開したい。自らを卑下して断る玉玲に、幻耀はあきらめることなく説得を続けた。

「そんなことはないと思うぞ。まず、お前には度胸がある。料理もうまいし、何でもできる。見た目も捨てたものではないぞ。少し幼い顔立ちだが、小動物のように目がつぶらで愛らしい。愛嬌もある。明るくて性格もいい」

今度は、まさかのほめ殺しだ。

「ちょっと、どうしたんですか、太子様？　あなたがそんなことを言うなんて」

さすがの玉玲もたじたじする。彼は口説くような台詞をすらすらと並べ立てるような男性じゃない。なぜだろう。怪しい。何か裏があるのでは。

「ほめ言葉も素直に受け取れないのか？　では、誰もが納得できる理由を教えてやろう」

訝しむ玉玲に、幻耀は淡々と告げた。

「お前が産む子どもだ」

「……私の、子ども？」

「お前は俺以上に強い霊力を備えている。父母共に霊力があれば、高い確率で霊力のある子どもが生まれるらしい。あまり血が近すぎるとだめなようだが、俺たちであれば問題ないだろう。お前が俺の子を産めば、きっとみなが納得することになる。男児であれば尚のことだな」

一瞬にして玉玲の頰が赤く染まった。涼しい顔で何ということを話すのだろう。

自分が霊力のある世継ぎを産めば、誰もが納得する。そう言いたいのかもしれないけど。

「……それって、私の体目当てってことですか？」

声を震わせて訊く玉玲に、幻耀は相変わらずの無表情で返す。

「そんなことは言ってない。お前には皇后の資質があるということだ」

「私に霊力があるからでしょう？　つまり、霊力のある女性の血が、私の体が必要なだけですよね？　お互いの気持ちとかは関係なく。ただの体目当てじゃないですか！」

羞恥に続いて、どんどん苛立ちがこみあげてきた。それと同時に悲しくもなる。そんな理由で皇后に、彼の正妻に求められても全然うれしくない。太子が打算で正妃を選ぶのは当然のことなのに。なぜこんなに胸がうずくのか、自分でもよくわからないけれど。

「お前が納得できないという顔をするから、別の視点で理由を述べただけだろう。たとえ霊力がなくても、お前は俺にとって必要な存在だ。信用もしているし、好ましいとも思っている」

真面目な表情で告げられ、玉玲の胸はにわかに熱を帯びる。

思わずときめいてしまったが、甘い台詞の一つや二つで簡単になびいてしまうのも癪だ。

「言葉だけなら何とでも言えます。皇后にふさわしい女性を探すのが面倒くさくなって、私をおだてているだけかもしれませんし」

唇をとがらせる玉玲に、幻耀は一度ため息をつき、怖いくらいに鋭く真剣な目をして言った。

「ならば、言葉を使わずに証明してやる」

「……え？」

白皙の美しい顔が間近まで迫ってきて、玉玲は息を呑む。

彼の指が顎にかかった直後、唇が柔らかな感触と体温に包まれた。

突然のことすぎて、反応できない。体から何かが奪われていくような感覚にとらわれた。

次第に頭の中が陶然となり、呼吸も時間も忘れてしまう。

束の間だったのか、ずっと重ねていたのかもわからない。

唇を襲った熱はいつの間にか引いていて、衝撃だけが玉玲の胸に残った。

今、いったい何が起こったのか。幻耀が、いきなり唇を――。

「太子様っ⁉」

我に返った玉玲は大きく目を見開き、口をぱくぱくさせた。

「これで証明できたか？」

ゆでだこのように顔を紅潮させる玉玲に、幻耀は不敵な笑みを浮かべて告げる。

「口づけを交わすのは、今回で三度目だがな」

「いいえ、初めてです！」

思わず言い返してしまった。薬を飲ませた時の口づけは接吻として数えない。

その瞬間、幻耀の花の顔が咲きほころぶ。

それは十二年前と同じ。澄んだ瞳に、きらきらの空気。少年のような笑顔だった。

幻耀が今、明確に笑ってみせたのだ。昔と同じように。

その笑顔に見とれていたところで、今度は体を優しく抱きしめられた。

陽だまりのようなぬくもりに包まれて、胸の奥に火が灯る。

心臓が大きく脈を打ち、全身にどんどん熱を広げていった。

ようやく見ることができた幻耀の笑顔。真実を解き明かした特大のご褒美。

次第にうれしさと幸せな気持ちがこみあげてきて、玉玲はそのまま彼の体に身を委ねる。

どこからか、早咲きの桃の花弁がひらりと舞い落ちた。

春はもうすぐだ。

# あとがき

お手に取っていただきありがとうございます。本作は、魔法のiらんど大賞２０２０ 小説大賞〈ファンタジー・歴史小説部門賞〉受賞作を改題・改稿した作品です。

刊行にあたりまして、受賞作にいろいろと手を加えることになりました。一番大きな変化は、何と言っても幻耀でしょうか。前半は少し影が薄く、考えのわかりにくいキャラクターだったのですが、エピソードを増やしたり、感情の変化をわかりやすくしたりすることにより、人間味のあるヒーローに成長させられたのではないかと思います。

謎解きや恋愛のドキドキ感をアップさせることも意識して仕上げました。ＷＥＢ版とは一部展開を変えてありますし、一味違う印象の作品になったのではないでしょうか。

改稿にあたって担当様には優しくご指導いただき、お世話になりました。梶山ミカ先生にはイメージ以上のキャラクターに仕上げていただき、感謝の念にたえません。魔法のiらんど様や選考・出版に携わってくださった関係者各位、そして読者の皆様に心より御礼申しあげます。

それでは、またどこかでお会いできる日が来ることを祈って。

青月花

「あやかし後宮の契約妃　もふもふたちを管理する簡単なお仕事です」の感想をお寄せください。
おたよりのあて先
〒102-8177　東京都千代田区富士見2-13-3
株式会社KADOKAWA　角川ビーンズ文庫編集部気付
「青月花」先生・「梶山ミカ」先生
また、編集部へのご意見ご希望は、同じ住所で「ビーンズ文庫編集部」までお寄せください。

# あやかし後宮の契約妃

もふもふたちを管理する簡単なお仕事です

青月花

角川ビーンズ文庫　22773

令和3年8月1日　初版発行

発行者――青柳昌行
発　行――株式会社KADOKAWA
〒102-8177　東京都千代田区富士見2-13-3
電話 0570-002-301（ナビダイヤル）
印刷所――株式会社暁印刷
製本所――本間製本株式会社
装幀者――micro fish



●お問い合わせ
https://www.kadokawa.co.jp/（「お問い合わせ」へお進みください）
※内容によっては、お答えできない場合があります。
※サポートは日本国内のみとさせていただきます。
※Japanese text only

ISBN978-4-04-111765-1 C0193 定価はカバーに表示してあります。